아폴로의 눈

The Eye of Apollo

호르헤 루이스 보르헤스
Jorge Luis Borges 1899~1986

바벨의 도서관

성서는 인류의 모든 혼돈의 기원을 바벨이라 명명한다. '바벨
의 도서관'은 '혼돈으로서의 세계'에 대한 은유이지만 또한 보
르헤스에게 바벨의 도서관은 우주, 영원, 무한, 인류의 수수께
끼를 풀 수 있는 암호를 상징한다. 보르헤스는 '모든 책들의
암호임과 동시에 그것들에 대한 완전한 해석인' 단 한 권의
'총체적인' 책에 다가가고자 했고 설레는 마음으로 그런 책과
의 조우를 기다렸다.
'바벨의 도서관' 시리즈는 보르헤스가 그런 총체적인 책을 찾
아 헤맨 흔적을 담은 여정이다. 장님 호메로스가 기억에만 의
지해 《일리아드》를 후세에 남겼듯이 인생의 말년에 암흑의 미
궁 속에 팽개쳐진 보르헤스 또한 놀라운 기억력으로 그의 환상
의 도서관을 만들고 거기에 서문을 덧붙였다. 여기 보르헤스가
엄선한 스물아홉 권의 작품집은 혼돈(바벨)이 극에 달한 세상
에서 인생과 우주의 의미를 찾아 떠나려는 모든 항해자들의 든
든한 등대이자 믿을 만한 나침반이 될 것이다.

문학은 행복의 형태들 가운데 하나이다.
아마 체스터턴만큼 내게 행복한 시간을
많이 안겨 준 작가는 없을 것이다.

호르헤 루이스 보르헤스

† 보르헤스 세계문학 컬렉션 †

아폴로의 눈

길버트 키스 체스터턴
최재경 옮김

바다출판사

Gilbert Keith Chesterton

1874~1936

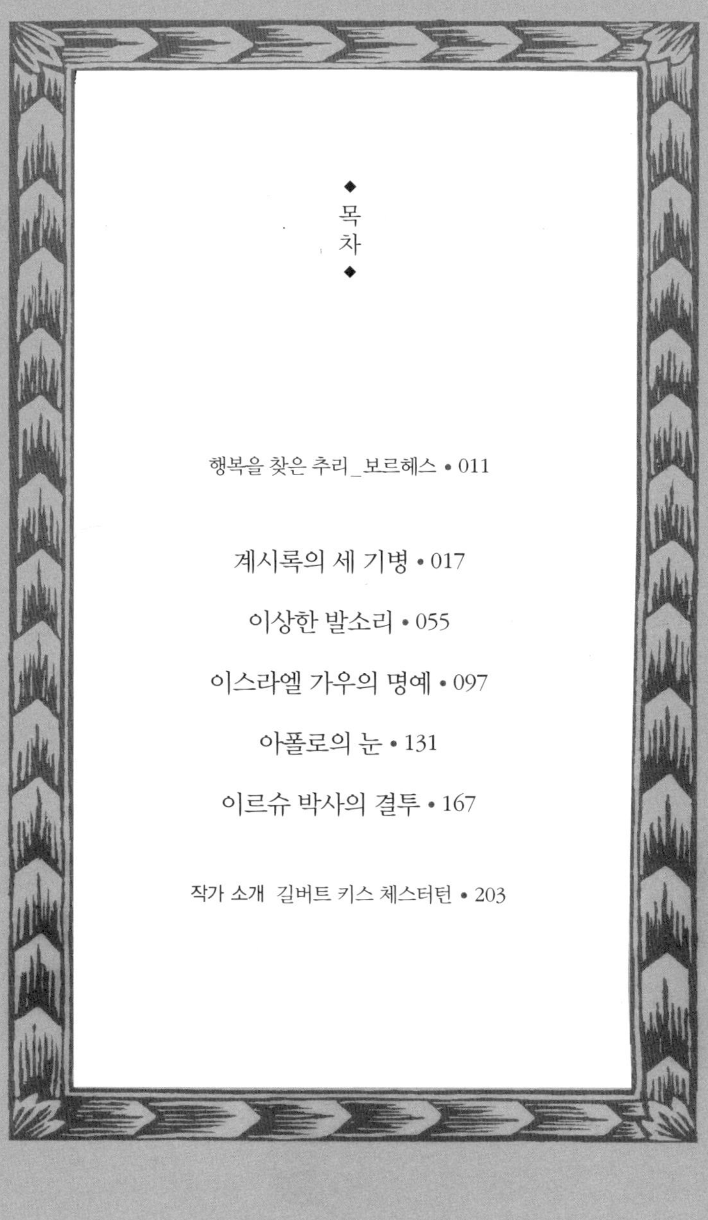

◆
목
차
◆

행복을 찾은 추리

호르헤 루이스 보르헤스

'친구, 우리가 젊었을 때 세상은 아주 노쇠했었다네……'라고, 길버트 키스 체스터턴은 《목요일의 사나이》의 헌사에 썼다. 체스터턴은 1874년에 태어났다. 사실 그래서 그의 청소년기는 상징주의와 데카당스가 풍미하던 절망적이고 음울한 시기였다. 상징주의와 데카당스의 부정적인 의식에서 체스터턴을 구한 것은 위대한 미국 시인 휘트먼의 목소리와, 태평양의 한 섬에서 죽었으며 '새가 빗속에서 노래하듯 노래했던' 스티븐슨의 목소리였다. 체스터턴처럼 온화하고 상냥한 사람이 사물에 대해서 두려움을 느꼈던 비밀스러운 사람이었다는 사실은 우리를 놀라게 한다. 하지만 그의 작품은 그가 드러내고 싶지 않았어도 그 사실을 증명해 보여 준다. 그래서 그는 정원의 나무들을 쇠사슬에 묶인 동물들에 비유했고, 대리석을 딱딱하게 굳은 달빛에, 황금을 차갑게 언 화형대에, 밤을 세상을 덮은 구름이나 눈들로 만들어진 괴물에 비유했다.

체스터턴은 카프카나 포가 될 수도 있었지만, 그는 용기 있게 행복을 선택했다. 아니면 행복을 발견한 척했다. 그는 영국 국교회에서 가톨릭으로 개종했다. 체스터턴에 따르면 가톨릭은 상식에 근거한 종교였다. 그는 기묘한 형태의 열쇠는 기묘한 형태의 자물쇠에 완벽하게 들어맞듯이 가톨릭 신앙의 기묘함은 우주의 기묘함과 어울린다고 주장했다.

영국에서 체스터턴의 가톨릭 신앙은 그 명성에 손상을 입었다. 왜냐하면 사람들은 그를 단순히 가톨릭 전도사로 비하했기 때문이다. 물론 그런 점을 부정할 수 없지만 그는 천재요, 위대한 산문가이며 위대한 시인이었다. 그의 두 훌륭한 서사시《백마의 노래*The Ballad of the White Horse*》(1911)와 《레판토*Lepanto*》(1915)가 이교도에 대한 기독교도의 승리를 축하하고 있다는 사실은 상당히 의미심장하다. 전자의 작품은 위대한 알프레도와 바이킹 사이의 전투를 노래했다. 후자의 작품에서는 콘스탄티노플의 술탄, 자신의 끔찍한 천국에 있는 마호메트, 펠리페 2세, 비밀 예배당에 있는 교황, 돈키호테를 꿈꾸며 검을 칼집에 다시 넣은 미겔 데 세르반테스, 오로지 명예를 좇는 오스트리아의 돈 조반니의 그림자가 연속해서 나타난다. 체스터턴은 영국과 프랑스를 매우 사랑했음에도 편견 없이 언제나 로마를 세상의 중심으로 생각했다. 그의 편지에 이런 내용이 있다. '로마에 다시 돌아갈 확신을 가지지 않은 채 로마에 가는 것은 어리석은 짓이다.'

체스터턴의 비평 작품, 예를 들어 디킨스, 브라우닝, 스티븐슨, 블레이크, 화가 왓츠에 대한 책들은 매력적이면서 날카로운 통찰력을 보여 준다. 20세기 초에 쓰인 그의 소설들은 신기하고도 환상적이다. 하지만 그가 실제 명성을 얻은 것은 브라운 신부의 무훈이라 불릴 수도 있는 작품들 때문이다. 언젠가 포의 창작품인 추리소설이 사라지는 시대를 예상해 볼 수도 있다. 왜냐하면 추리소설은 모든 문학 장르들 가운데 가장 인위적이며 놀이에 가장 가까운 장르이기 때문이다. 체스터턴 자신이 직접, 소설은 얼굴 놀이이며 추리소설은 가면 놀이라고 말하기도 했다. 이런 주장이 있고 추리소설 장르가 쇠퇴할 가능성이 있다 해도 체스터턴의 소설들은 꾸준히 읽힐 것이다. 왜냐하면 불가능하고 초자연적인 사실을 암시하는 미스터리한 신비는 마지막 몇 줄이 우리에게 주는 논리적 해결만큼이나 흥미롭기 때문이다. 문학 작품을 쓰기 전에 체스터턴은 그림을 그렸다. 그래서 그의 모든 소설들은 인상적일 만큼 시각적이다. 체스터턴의 비서이며 훌륭한 전기 작가인 메이지 워드는 체스터턴이 자신의 말을 받아 적게 하기 전에 시가로 재빨리 성호를 그리곤 했었다고 귀여운 실

언을 했다. 몸집이 뚱뚱하고 거대했던 체스터턴이 신의 도움에
의지하는 걸 잊지 않았다는 의미이다.

　이 책에는 내가 체스터턴의 가장 훌륭한 소설로 생각하는 작품
이 담겨 있다. 벼랑 위의 기다란 길, 흰색 군복의 기병과 백마, 체
스게임 등으로 멋지게 장식한 작품이다. 바로 〈계시록의 세 기병〉
을 두고 하는 소리다. 〈이상한 발소리〉에서는 변신의 새로운 방법
을 만들어 냈다. 〈이스라엘 가우의 명예〉에서 스코틀랜드의 어두
운 성은 해결할 수 없을 것 같은 미스터리의 중요한 부분이다. 〈아
폴로의 눈〉에서 고대 신에 대한 숭배가 범죄를 저지르는 데 사용
된다. 내용을 너무 노출시키고 싶지는 않지만 〈이르슈 박사의 결
투〉는 탄원서가 결투의 발단이 된다. 스티븐슨과 도스토옙스키
의 유명한 작품들에서 영향받은 이중성이라는 오래된 테마가 이
작품에서 아주 독창적으로 선보였다. 독자가 예상하지 못하는
아주 독특한 방법으로 전개된다. 하지만 혹시나 하는 의심을 갖
고 있던 독자는 그 이중성을 발견하면서 그 신선함에 탄성을 자
아내게 된다.

　문학은 행복의 형태들 가운데 하나이다. 아마 체스터턴만큼
내게 행복한 시간을 많이 안겨 준 작가는 없을 것이다. 난 그의
신학을 함께 나누지 못한다. 마찬가지로 《신곡》에서 영향받은 그
의 신학도 함께 나누지 못한다. 하지만 둘 다 체스터턴의 작품을
이해하는 데 떼려야 뗄 수 없는 중요한 부분이라는 걸 안다.

체스터턴이 예전에 한번 부에노스아이레스를 방문할 기회가 있었다. 그랬다면 나는 환영 만찬에 초대받았을 것이다. 그를 만나게 됐다면 기뻤겠지만, 그가 오지 못하고 먼 곳에 그냥 그대로 남아 있었던 게 더 나았다는 느낌을 난 지울 수가 없다. 나는 그를 내 가장 훌륭한 친구로 여기고 있었고 이것으로 이미 충분하다고 생각했다.

계시록의 세 기병

The Three Horsemen of Apocalypse❖

　폰드 씨는 날씬한 몸매에 단정한 옷매무새, 평범하기 짝이 없는 정중한 태도를 지닌 사람이었지만, 그를 떠올릴 때마다 왠지 모를 기이하고 으스스한 느낌이 드는 건, 아마 그가 내 유년 시절의 몇 가지 기억과 연관되어 있기 때문이리라. 게다가, 폰드라는 그의 이름이 연못을 뜻하는 폰드pond와 발음이 같은 것과도

❖ 이 소설의 제목은 신약성서의 마지막 권인 〈요한계시록〉 6장 1~8절에 나오는 네 기수의 이야기에서 따왔다. 그 내용은 신의 오른손에 일곱 개의 봉인이 붙은 두루마리가 있었는데 예수 그리스도가 일곱 봉인 중 네 개의 봉인을 뜯자 흰 말, 붉은 말, 검은 말, 청황색 말을 탄 기수가 나타났다. 이 기수들은 차례대로 정복, 전쟁, 기근, 죽음을 의미하는데 최후의 심판의 전조로 해석된다.

상관이 있었다. 그는 정부 기관에서 일하는 관리로 내 아버지의 오랜 친구였다. 즉, 그를 워낙 어린 시절부터 봐왔으므로 내 유년 시절의 상상력이 그의 이름과 우리 정원에 있던 연못을 자연스럽게 연결시킨 것이 아닌가 생각한다. 그가 생각날 때마다, 나는 이상하게도 그가 우리 집 정원의 연못과 비슷한 구석이 있다는 생각을 하게 된다. 그는 평소에는 몹시 조용하고 깔끔하며 단정한 사람으로, 말하자면 땅과 하늘과 넘쳐 나는 햇빛을 있는 그대로 평범하게 되비추는 사람이었던 것이다. 하지만 나는 우리 정원의 연못에 뭔가 이상한 구석이 있었다는 것을 알고 있다. 백번에 한 번씩, 혹은 일 년에 하루 이틀 정도, 그 연못은 전혀 다른 모양으로 보였던 것이다. 아니면, 평소와 같이 고요하던 연못에 불현듯 어떤 물체의 그림자나 섬광 같은 것이 비치곤 했다. 그와 동시에 물고기나 개구리, 혹은 다른 좀 더 괴상하게 생긴 생물이 하늘을 향해 얼굴을 내밀었다. 그처럼 나는 폰드 씨의 내부에도 괴물들이 살고 있다는 걸 알았다. 그의 내면에 숨은 괴물들은 오직 잠시 동안만 표면에 떠올랐다가 곧 가라앉았다. 거의 언제나 온화하고 이성적인 관점을 견지하던 그가, 갑자기 예상치 못한 기묘한 이야기를 꺼낼 때가 바로 그런 때였다. 어떤 사람들은 그가 가장 이성적인 대화를 하던 중에 갑자기 돌아 버린 거라고 생각했다. 그러나 그런 순간이 지나면 그가 곧 다시 정상으로 돌아온 것을 알 수 있었다.

이 바보 같은 공상 역시 나의 유년기와 연결되어 있을 텐데, 어린 나의 눈에는 어느 순간 폰드 씨가 한 마리 물고기처럼 보였기 때문이다. 그는 예의가 발랐을 뿐만 아니라 꽤나 틀에 박힌 행동을 할 때가 많았다. 그래서 그의 손짓들은 대체로 진부했지만, 한 가지 예외는 있었다. 즉, 자신이 무심코 던진 이상한 발언으로 인해 주위의 분위기가 딱딱해진 것을 깨달을 때에만 튀어나오는 습관이었는데, 뾰족하게 기른 자신의 턱수염을 잡아당기는 행동이었다. 곤란해진 그는 부엉이처럼 앞만 빤히 쳐다보면서 턱수염을 잡아당겼고, 그럴 때마다 우습게도 아랫입술이 따라서 열렸다가 닫혔다. 그럴 때면 그는 마치 입술이 철사로 조종되는 턱수염 달린 꼭두각시 인형처럼 보였던 것이다. 말없이 열렸다 닫혔다 하는 이 우발적이고 기묘한 입술 동작은 놀라우리만치 물고기가 느리게 입을 뻐끔거리는 것과 닮았다. 그러나 그 동작은 결코 몇 초 이상 지속되는 법이 없었다. 지금 생각해 보면, 그러는 동안 그는 자신이 그런 말을 하게 된 의도를 설명한다 하더라도, 사람들이 별반 달가워하지 않을 거라는 생각에 하고픈 말을 꾹 삼키고 있었던 것 같다.

그는 어느 날 저명한 외교관인 허버트 워튼 경과 도란도란 대화를 나누고 있었다. 그들은 우리 정원에 있던 화려한 줄무늬 텐트나 거대한 파라솔 아래에 앉아 있었던 것 같다. 그들은 내가 마음대로 폰드 씨와 연관시켰던 그 연못을 바라보고 있었다. 우연히 그들은 둘 다 잘 알고 있는 어느 지역을 거론하게 되었는데, 서유럽에서는 그 지역을 잘 알고 있는 사람이 거의 없었다. 그 지역의 광대한 평원들은 포메라니아와 폴란드, 러시아와 나머지 지역을 가로질러 형성된 늪지와 못들로 이어졌다. 내가 알기로는 그 평원들은 우측으로는 멀리 시베리아 사막으로 이어졌다. 폰드 씨는 그 늪지들이 웅덩이들과 완만히 흐르는 강들과 교차하면서 최대로 깊어지는 지점에, 양옆으로 급경사를 이루며 높다랗게 솟은 둑 하나가 가로지르고 있었던 것을 회상했다. 그 둑 위에는 좁은 길이 하나 나 있었는데, 단순히 걸어가는 사람에게라면 충분히 안전한 길이지만, 말 탄 사람 두 명이 나란히 걷기에는 턱없이 좁은 길이었다. 그것이 바로 그 이야기의 발단이었다.

그리 옛날에 있었던 일은 아니지만, 현재보다는 말을 타는 사람들이 많았던 시절의 이야기이다. 비록 이때도 이미, 말 탄 사람들이라면 전투에 나가 싸울 전사들이라기보다는 소식을 전하는 메신저들이 대부분이었지만 말이다. 그냥 그쪽 세상을 황폐화시켰던 수많은 전쟁 중 하나가 벌어지던 시기였다고 해두자. 이런 황야를 더 황폐하게 만든다는 게 가능하기만 하다면 말이다. 어쩔 수 없이 이 이야기는 프로이센이 통치하던 시기에 폴란드인들에게 가해지던 정치적 탄압과 관련이 있었지만, 여기서 정치 문제를 상세히 설명한다거나, 그것의 옳고 그름을 논의하는 것은 불필요할 것이다. 그냥 단순하게, 보다 가볍게 말하자면, 폰드 씨가 수수께끼를 내서 친구들을 즐겁게 해주었다고 할 수 있다.

"외교관님도 이걸 들으신 적 있겠지만, 요즘 유행하는 재미난 이야기들 중에 폴란드 크라쿠프 출신 시인인 파울 페트로프스키에 관한 게 있었죠. 그는 한때 비교적 위험한 두 가지 역할을 동시에 감행했던 사람이었지요. 우선 그는 크라쿠프를 떠나서 포즈나뉴로 이주했고, 그곳에서 민족주의자의 삶과 시인의 삶을 동시에 유지하려고 애썼죠. 그가 새로 정착한 포즈나뉴 마을은 그 당시 프로이센에 속해 있었고, 정확히 말해 그 도시는 그 기다란 둑길의 동쪽 끝에 자리하고 있었어요. 당연히 프로이센 사령부가 이 바다같이 광활한 늪지를 가로지르는 단 하나의 둑길을 지키기 위해, 둑이 시작되는 지역을 점령하고 있었지요. 그 특별한 군사작전을 수행하는 본부는 그 둑길의 서쪽 끝에 자리를 잡았고, 저 유명한 최고 사령관 폰 그로크 장군이 이 지역 전체를 지휘하고 있었어요.

그 사건이 일어났을 무렵에는, 그가 가장 아끼는 연대이자 오래된 직할 부대인 백마기병대가 그 거대한 둑길의 초입에 주둔하고 있을 때였죠. 물론 모든 것이 산뜻하게 구비되어 있었고, 그들이 입은 멋진 흰색 군복에는 티끌 하나 없었으며, 어깨에서 옆구리로 비스듬하게 찬 수대❖는 불꽃 빛깔이었어요. 이때만 하

더라도 세상에 있는 모든 군복 색깔에 황토색이 널리 쓰이기 전
이었으니까요. 그 점에 대해서는 나는 그들을 비난할 생각이 없
어요. 가끔씩은 각자 고유의 색깔을 쓰던 이전 시대가 모방적인
색채를 쓰는 지금보다 더 좋았다는 생각이 들 때가 있으니까요.
모방적인 색채를 쓰게 된 건 보호색을 만드는 데 능한 카멜레온
과 딱정벌레들을 숭배하면서부터였지요. 어쨌든, 이 우수한 프
로이센 군대의 기마병 연대는 당시 그들만의 고유한 군복을 입
고 있었다는 겁니다. 당신도 이야기를 듣다 보면 알게 되겠지만,
그것이야말로 대실패의 또 다른 이유가 되었지요. 하지만 그게
반드시 군복 때문이라고 할 수는 없고, 그보다는 그 군복을 통해
추구했던 획일성 때문이라고 하는 게 낫겠죠. 그 모든 일이 실패
로 돌아간 이유는 그들 군대의 기강이 지나치게 훌륭했던 까닭
이니까요. 그로크 장군의 병사들은 그에게 너무나 복종적이었어
요. 그러나 바로 그런 충성심 때문에 장군은 자신이 원한 것을
이룰 수가 없었던 것이죠."

　"내가 보기엔 그건 역설인 것 같은데." 워튼 경이 한숨을 내
쉬며 말했다. "물론, 그건 매우 영리한 역설이겠지. 하지만 정말
로는, 전혀 말이 안 되는 얘기야, 그렇지 않은가? 오, 사람들이
보통 독일 군대에는 규율이 너무 많다고 말하는 걸 알아. 하지만

❖ 칼을 고정하기 위해 착용하는 띠.

군대에서는 아무리 규율이 많아도 지나치지 않다니까.”

“하지만 저는 그런 일반론을 이야기한 게 아닌걸요.” 폰드 씨가 푸념하듯이 말했다. “제가 말씀드린 건 특별히 이 이야기에만 해당되는, 좀 이례적인 것입니다. 그로크 장군이 실패한 이유는 분명히 그의 병사들이 그에게 충성했기 때문이었어요. 물론, 그 부하들 중 한 명만 그에게 충성했더라면, 결과는 그렇게까지 나쁘지 않았을 거예요. 하지만 그의 병사들 중 두 명이 그에게 충성했을 때…… 정말로 그 불쌍한 늙은 악마는 절망적인 상황에 놓이고 말았죠.”

폰드 씨의 말에 워튼 경이 호탕하게 웃었다. “자네의 새로운 군사 이론을 듣게 되어서 너무 기쁘네. 자네는 연대의 병사 한 명이 명령에 복종하는 건 괜찮지만, 두 명의 병사들이 복종하는 건 다소 지나치다는 건가.”

“저는 어떤 군사 이론을 가지고 있는 게 아닙니다. 저는 실제 군대에서 일어난 사실에 대해 말씀드리고 있는 겁니다.” 폰드 씨가 차분하게 대답했다. “그로크 장군의 실패는 군대 역사상 실제 있었던 일인데, 그 이유는 그의 부하 두 명이 그의 명령을 끝까지 따랐기 때문입니다. 그가 성공할 가능성이 충분히 있었다는 것도 군사적인 사실입니다. 그 부하들 중 한 명이라도 그의 명령을 어겼더라면 말이죠. 외교관님이 그 사실만 인정하신다면, 그 다음부터는 무슨 이론을 세우셔도 상관없습니다.”

"난 이론 같은 걸 만드는 일에는 전혀 관심이 없어." 워튼 경이 약간의 모욕감을 드러내며 딱딱하게 응수했다.

바로 그때 게이허건 대령이 으스대듯 거구를 흔들며 햇살이 내리쬐는 잔디밭을 성큼성큼 가로질러 왔다. 작달막한 폰드 씨에게는 외관상 지극히 어울리지 않는 친구였지만 대령은 폰드 씨를 매우 존경했다. 단춧구멍에 화려한 꽃을 꽂은 그는, 붉은 머리칼 위로 약간 비스듬하게 회색 모자를 눌러썼다. 비교적 젊은 청년임에도 불구하고, 오만해 보이는 걸음걸이 때문에 마치 이전 시대의 멋쟁이 같은 구석이 있었다. 어찌 보면 결투를 벌이러 오는 사람과도 같았다. 떡 벌어진 어깨에 너무나 큰 키의 몸체가 햇빛을 가리고 서자, 그는 마치 오만의 화신처럼 보였다. 그러나 일단 자리에 앉자, 햇빛에 드러난 그의 얼굴은 멀리서 보던 것과 사뭇 대조적이었다. 부드러운 갈색 눈동자는 어딘가 슬퍼 보였고, 심지어 약간의 수심을 띠고 있었다.

폰드 씨는 잠시 이야기를 멈추고, 사과의 말을 중얼거렸다. "제가 평소처럼, 오늘도 너무 말을 많이 한 것 같아요. 제가 정말로 하고 싶었던 이야기는 포즈나뉴에서 거의 처형될 뻔했던 시인 페트로프스키에 관한 것이었어요. 꽤 오래전에 일어난 일이긴 하지만 말이죠. 그를 처형해야 하는 자리에서 군사 당국은 망설였고, 결국 그를 풀어 주기로 했지요. 다만 그로크 장군이나 더 높은 분이 직접적인 처형 명령을 내리지 않는 한. 그러나 그

로크 장군은 어떤 수를 써서든 그 시인을 처형하려고 굳게 결심
했어요. 그리고 바로 그날 저녁 그를 처형하라는 명령이 담긴 집
행장을 보냈지요. 그러나 그 직후에 그를 구하기 위한 집행정지
명령장이 보내졌지요. 결과적으로는, 집행정지 명령장을 가져가
던 남자가 도중에 죽었는데도, 갇혀 있던 시인은 결국 풀려나게
되지요."

"결과적으로는……." 워튼 경이 폰드 씨의 말을 기계적으로
따라했다.

"집행정지 명령장을 운반하던 그 남자가……." 게이허건이
다소 비꼬듯이 덧붙였다.

"그 남자가 도중에 죽었다고……." 워튼 경이 낮은 목소리로
중얼거렸다.

"그런데도, 물론, 죄수는 기적적으로 석방되었다는 거겠죠."
게이허건이 큰 소리로 명랑하게 말했다. "그것도 죄를 깨끗하게
사면 받고서. 그런 옛날이야기 하나만 더 들려주세요, 할아버
지."

"그건 분명히 실제 있었던 이야기라니까요." 폰드 씨가 발끈
하여 말했다. "그리고 그 일은 정확히 내가 알고 있는 대로 진행
되었지요. 그건 절대 역설이라든가 그 비슷한 게 아닙니다. 물
론, 당신들은 그 이야기가 얼마나 간단한 것인지를 일단 들어봐
야 해요."

"맞아요, 나도 그 이야기가 궁금해지네요. 나도 들어 봐야겠어요, 그게 어째서 단순한 이야기라는 건지 알려면." 게이허건이 맞장구쳤다.

"어서 이야기를 계속하는 게 좋겠어. 끝까지 말이야." 워튼 경이 단도직입적으로 말했다.

파울 페트로프스키는 실용적인 정치판에서 막대한 영향력을 가진 인사였지만, 개인적인 인간 됨됨이는 실용적인 것과는 전혀 거리가 멀었다. 그의 권력은 그가 민족주의적인 시인임에도 불구하고 동시에 국제적인 가수라는 사실에서 나오는 것이었다. 즉, 그는 선천적으로 매우 아름답고 강력한 목소리를 타고났는데, 그 목소리로 세상의 절반이 넘는 콘서트홀에서 자기만의 애국적인 노래들을 불렀던 것이다. 물론 본국에서 그의 존재는 혁명의 희망을 밝히는 횃불이자 트럼펫이었다. 특히 그 당시는, 기존의 실용적인 정치인들이 사라져 버린 일종의 국제적인 위기였고, 그들과 크게 다르지 않은 새로운 사람들이 정치권력을 장악했다. 진정한 이상주의자와 진정한 현실주의자는 적어도 둘 다 행동을 좋아한다는 공통점이 있었기 때문이다. 실용적인 정치인들은 상대파가 제안하는 어떤 행동에 대해서도 실용적인 반대안을 내놓음으로써 번성하는 법이다. 이상주의자들이 벌이는 행동은 전혀 효과를 거두지 못할 가능성이 있고, 행동주의자들의 행동은 파렴치한 것일 수가 있다. 그러나 어느 쪽이든 간에, 겉으로 드러나게 행동을 하지 않고서는 어떠한 평판도 얻을 수 없는 법이다. 이 두 가지 극단적인 유형의 사람들이 광활한 늪지를 사이에 두고 둑길의 양쪽 극단에서 대치하고 있다는 것은 기묘한 일이었다. 한쪽 끝에 있는 마을에는 폴란드 시인이자 죄수가, 다른 쪽 끝의 야영지에는 프로이센 군대의 사령관이 말이다.

그로크 사령관은 진정한 프로이센의 군인이었던 만큼, 전적으로 실용적일 뿐만 아니라 뼛속 깊이 산문적인 사람이었다. 그는 단 한 줄의 시도 직접 읽어 본 적이 없었다. 그렇다고 그가 바보는 아니었다. 그에게는 군인이라면 반드시 갖추어야 할 뛰어난 현실 감각이 있었고, 덕분에 실용적인 정치인들처럼 어리석은 실수에 빠지지 않을 수 있었다. 그는 시가 보여 주는 미래에 대한 비전들을 비웃지 않았다. 그는 오로지 그 비전들을 미워할 뿐이었다. 그는 한 명의 시인이나 예언자가 군대만큼이나 위험할 수 있다는 것을 알았다. 그래서 그는 시인들이 죽어야 한다고 확신했다. 시가 위력을 지닐 수 있다는 것을 인정하는 것, 그것이 그가 시에 대해 갖는 단 하나의 긍정적인 평가였다. 그는 진심이었다.

자신의 막사로 돌아온 그로크는 한동안 탁자에 앉아 있었다. 다른 사람들 앞에 나갈 때면 반드시 착용하던 피켈하우베*는 탁자 위에 놓여 있었다. 커다란 머리 전체는 말끔히 면도되어 있었지만, 이미 꽤 탈모가 진행된 것을 알 수 있었다. 머리처럼 얼굴도 깨끗이 면도를 해서, 매우 견고해 보이는 안경 말고는 아무것도 얼굴을 덮지 않았다. 탄력을 잃고 아래로 쳐진 살갗 때문에 무거워 보이는 얼굴에 오로지 안경만이 수수께끼 같은 인상을 더했다. 그는 옆에 서 있던 중령을 돌아보았다. 둥근 얼굴의 중령은 창백한 금발에 무표정한 인상을 지닌 독일인이었다. 그는 졸고 있었는지, 초점 없는 파란 눈동자를 치켜뜨고서 사령관을 쳐다보았다.

"호르크하이머 중령, 전하께서 오늘밤에 야영지에 도착할 거라고 자네가 말했나?" 사령관이 물었다.

"그렇습니다. 일곱 시 사십오 분에 오십니다." 중령이 대답했다. 그는 말하기를 꺼려하는 사람이나, 말하는 방법을 처음 배우는 커다란 짐승같이 어눌하게 말했다.

"그렇다면 바로 지금이 적당한 시간이군. 전하께서 도착하시기 전에 자네가 지금 사형집행장을 들고 떠나야겠어. 우리는 전심을 다해 전하를 섬겨야 하지만, 특히 전하가 불필요한 문제로 신경 쓰시지 않도록 도와드려야 해. 그분은 군대를 돌아보느라 충분히 바쁘실 거야. 모든 것이 전하의 마음에 들도록 잘 구비되

....

❖ 특이하게 정수리 부분에 창끝처럼 커다랗고 뾰족한 못이 튀어나온 프로이센 군대의 헬멧.

어 있는지 살펴봐. 전하는 한 시간 후에 다음 전초부대를 향해 다시 떠나실 거야." 그로크 사령관이 말했다.

몸집이 우람한 중령은 반쯤 정신을 차린 것 같았다. 그는 가볍게 경례를 하며 말했다. "물론입니다 사령관님, 우리는 전적으로 전하에게 복종해야 합니다."

"내 말은 우리가 전심으로 전하를 섬겨야 한다는 거야." 사령관이 말했다.

사령관은 평소보다 더 신경질적으로, 무거운 안경을 벗어서 탁자 위에 소리 나게 내려놓았다. 만약 그 파란 눈의 중령이 사령관의 이례적인 행동을 조금이라도 감지했더라면, 혹은 좀 더 눈을 크게 뜨고 보았더라면, 안경을 벗은 사령관의 얼굴을 보고 놀라서 눈이 휘둥그레졌을지도 모른다. 그것은 마치 철가면을 벗은 것과도 같았다. 안경을 벗기 직전, 그로크 사령관의 얼굴은 가죽 같은 뺨과 턱의 두꺼운 주름 때문에 코뿔소처럼 보였다. 그러나 이제 그는 전혀 다른 괴물의 모습을 하고 있었다. 독수리의 눈을 한 코뿔소와 비슷하다고나 할까. 그의 늙은 눈에서 이글거리는 음침하고 차가운 불꽃을 본 사람이라면, 거의 누구든지 그가 가슴속에 단순한 적의 이상의 무엇인가를 품고 있다는 것을 눈치 챘을 것이다. 적어도, 그에게는 쇠뿐만 아니라 강철로 만들어진 부분이 있었다. 모든 남자들처럼 그도 믿고 의지하는 자기만의 특이한 정신세계가 있었다. 비록 그것이 다소 사악한 면을 지녔다 하더라도 말이다. 게다가 그것은 일반적인 기독교인 남자들의 평균치와는 너무나 달랐기에 선악을 판단하기가 거의 불가능했다.

"나는 우리가 전심으로 전하를 섬겨야 한다고 말했네." 그로크 사령관이 반복해서 말했다. "보다 분명하게 말하자면, 우리는 전심으로 전하를 구해드려야 한다는 거야. 왕들을 신으로 만들어야 하는 것이 우리의 의무가 아니겠는가? 그렇게 해서 그가 섬김을 받고 위험에서 구출된다면 그것으로 충분하지 않겠는가? 그들을 섬기고 구해 드려야 할 자들은 바로 우리란 말일세."

그로크 사령관은 평소 거의 말이 없는 사람이었다. 외부 사람들이 본다면, 그는 말이 없을 뿐만 아니라, 생각도 거의 하지 않는 단순명료한 사람처럼 보였다. 그러나 알고 보면, 이런 유형의 남자들일수록, 머릿속에 명백한 생각이 떠오를 때면, 사람이 아닌 개에게 말하기를 더 좋아하는 경향이 있다. 그들은 개 앞에서만은 평소와 달리 긴 단어들과 정교한 논쟁들을 늘어놓는 특이한 취미가 있었다. 호르크하이머 중령을 개에 비유하는 것은 다소 어폐가 있을지 모른다. 개들도 억울하긴 마찬가지이다. 개들은 훨씬 더 예민하고 조심성 있는 생명체들이니까. 거의 반성이라곤 하지 않는 그로크 사령관이지만, 드물게 반성을 하거나 깊은 생각에 잠길 때면, 차라리 소나 양배추 앞에 있을 때 더 편안하고 안전하게 느낀다고 말하는 편이 좀 더 정확할 것이다.

"거듭 거듭 반복해서, 이 나라 왕조의 역사 속에서, 군인들은 왕들의 목숨을 구했지." 그로크 사령관의 일방적인 연설이 이어 졌다. "적어도 바깥세상으로부터는 아무것도 보상받지 못하는 일이 비일비재했지만 군인들은 그것을 이겨 냈지. 세상이라는 건 으레 성공적이고 강한 사람들에게 적대감을 드러내며 하찮은 감상주의나 늘어놓는 법이니까. 하지만 적어도 우리는 그 성공 적이고 강한 사람들에 속해 있어. 사람들은 비스마르크가 엠즈 강 전보의 내용을 조작하여 왕까지도 속인 일에 대해 비난을 퍼 부었지만, 사실상 그 덕분에 왕은 프랑스, 오스트리아, 프로이센 을 통합한 대제국의 황제가 될 수 있었지. 파리는 프로이센의 손 아귀에 넘어왔고, 오스트리아는 왕위를 찬탈당했으며, 결과적으 로 우리 국민은 안전할 수 있었던 거야. 오늘밤 파울 페트로프스 키는 사형될 것이고, 그러면 우리는 다시 안전해질 거야. 그게 내가 지금 자네 편에 그의 사형집행장을 보내는 이유일세. 자네 가 운반하는 물건이 페트로프스키의 즉결 사형집행장이라는 사 실을 명심하도록. 그리고 자네는 거기 남아서 명령대로 사형이 집행되는지도 반드시 확인해야 하네. 알겠나?"

얼굴에 절대 자신의 생각을 드러내는 법이 없는 호르크하이 머가 경례를 했다. 그는 사령관의 이야기를 속속들이 이해하고 있었다. 따지고 보면 그는 정말로 개와 비슷한 성품을 지니고 있 었다. 그는 불독처럼 용감했으며, 어떤 경우에도 목숨을 걸고 충성할 준비가 된 사람이었다.

"지금 당장 말을 타고 떠나도록 하게." 그로크 사령관이 덧붙여 말했다. "그리고 그 어떤 이유로도 지체하거나 방해받지 않도록 주의하게. 저 정신 나간 아른하임은 우리가 아무런 기별도 보내지 않는다면, 페트로프스키를 오늘밤 풀어 줄 게 틀림없어. 그러니 최대한 전속력으로 달려가게나."

중령은 다시 경례를 올리고는 어두운 바깥으로 나갔다. 그는 훌륭한 기병 연대의 자랑인 군마들 중에서도 최고로 뛰어난 백마를 골라 타고는, 둑을 따라서 가파르고 좁은 길로 들어섰다. 담장 꼭대기만큼이나 높고 폭이 좁은 둑은 어두운 지평선과 저 거대한 늪지들의 희미한 윤곽과 음침한 물빛을 내려다보고 있었다.

둑길을 따라 달리는 말발굽 소리의 마지막 메아리가 거의 사라졌을 무렵, 그로크 사령관은 벌떡 일어나 군모와 안경을 다시 쓰고는 막사의 문으로 다가갔다. 이번에는 전혀 다른 용무 때문이었다. 그의 부하들 중 우두머리 하나가 완전군장을 하고서는 막사로 다가오고 있었다. 저 멀리 참호 끝에서부터 공식적인 인사 의식을 알리는 소리와 명령을 외치는 소리가 들려왔다. 왕자 전하께서 도착하신 것이다.

왕자는 외양에서부터 그를 둘러싸고 있는 사람들과 대조를 이루었다. 외양뿐만 아니라, 내면에 감추어진 정신세계도 매우 예외적인 데가 있었다. 그도 커다란 못이 튀어나온 모양의 피켈

하우베를 쓰고 있긴 했지만, 다른 연대를 상징하는 푸르게 빛나는 강철 장식이 달린 검은색 군모였다. 거기에는 부조화 속의 조화처럼 보이는 어떤 요소가 있었으니, 다소 복고풍으로 기른 검고 풍성한 턱수염과 군모의 조합이 바로 그것이었다. 특히 하나같이 깨끗이 면도한 얼굴에 군모를 쓰고 있는 프로이센 군사들 가운데서, 그는 몹시 튀면서도 잘 어울리는 인물이었다. 길게 늘어뜨린 턱수염과 잘 어울리도록, 기다란 진청색 망토를 걸치고, 그 위에다 번쩍이는 별이 달린 최고 훈장을 달고 있었다. 진청색 망토 아래에 검은색의 군복을 입은 점도 이채로웠다. 다른 군인들과 다를 바 없는 독일인이었음에도, 그는 매우 다른 종류의 독일인이었다. 당당하면서도 어딘가 넋이 나가 보이는 얼굴은, 그가 평생 동안 추구한 진정한 열정의 대상이 음악이라던 소문과 다소 일치하는 데가 있어 보였다.

사실상 불평이 많은 그로크 사령관은, 왕자가 자기의 의무를 다하지 않는 것에 극도로 화가 나 있었다. 즉, 당장 군대를 시찰하고 군대가 특별히 마련한 환영식에 응하는 일에 소홀한 것을 보고, 그 모든 것이 음악광인 왕자의 지나친 기행과 연관이 있다고 생각했다. 그를 환영하기 위해, 모든 병사들이 동원되어 복잡한 퍼레이드와 군사 의식을 준비했음에도, 정작 왕자는 그 일을 우선시하지 않은 것이다. 왕자는 오히려, 그로크 사령관이 가장 혐오하는 주제부터 성급하게 꺼냈다. 그 지긋지긋한 폴란드 시인과 그의 명성, 그가 처한 위기에 관한 이야기들 말이다. 왕자는 유럽의 오페라 하우스마다 울려 퍼지던 그 남자의 노랫소리를 몇 번인가 들은 적이 있었다.

"그런 사람을 처형하자고 말하는 것은 미친 짓이지." 왕자가 검은 헬멧을 쓴 얼굴을 잔뜩 찌푸리며 말했다. "그는 그저 그런 폴란드인이 아니야. 그는 유럽의 명물이지. 그가 죽는다면 우리의 친구들인 연합국들은, 심지어 같은 독일인들조차 그가 위험에 빠진 사실을 비탄하고 그를 신성시할 거야. 자네는 오르페우스*를 살해한 그 미친 여자들**이 되고 싶은가?"

"전하, 그가 갇힌 일은 비탄의 대상이 될 만합니다. 하지만 그가 죽은 후에야 가능한 일입니다. 신성시될 수도 있겠지요. 하지만 죽은 후니까 그렇겠지요. 그가 무엇을 하고 싶어 하든, 그는 더 이상 아무것도 할 수 없을 겁니다. 그가 죽을 거라는 사실이야말로 그 모든 가능성들을 지배하는 확실한 사실이니까요. 그리고 저는 사실을 좋아합니다." 사령관이 말했다.

"자네는 세상을 전혀 모르나?" 왕자가 반문했다.

"저는 세상이 뭐라 하든 전혀 상관하지 않습니다." 그로크 사

❖ 그리스 신화에 등장하는 최고의 음악가.
❖❖ 자기들을 무시하는 오르페우스에게 원한을 품은 트라키아의 마이나스들이 그를 갈갈이 찢어 죽였다.

령관이 대답했다. "내 조국의 국경선 너머에 있는 세상에 대해서라면요."

"환장하겠군!" 왕자가 소리쳤다. "자네는 바이마르 전투를 위해서라면 괴테도 처형시켰을 작자로군!"

"전하와 왕실을 위해서라면 기꺼이, 잠시도 지체하지 않고 그랬을 겁니다." 그로크가 대답했다.

잠시 침묵이 이어진 후, 왕자가 갑자기 날카롭게 물었다. "지금 그게 무슨 뜻인가?"

"저는 잠시도 망설이지 않았다는 뜻이죠." 사령관이 차분하게 대답했다. "저는 이미 페트로프스키를 처형하라는 전갈을 보냈습니다."

왕자는 성난 검은 독수리처럼 벌떡 일어났다. 거대하게 물결치는 그의 망토는 강력하게 퍼덕이는 독수리의 날개 같았다. 단순히 말로 표현해서는 풀리지 않을 분노가 그를 갑자기 행동가로 돌변시킨 것이다. 그는 심지어 그로크 사령관에게는 한마디도 하지 않았다. 그 대신 그는 목소리를 최대한으로 높여서, 사령관 다음 서열인 포글렌 장군을 불렀다. 그때까지 뒤편에 돌처럼 꼿꼿하게 서 있던, 네모진 머리의 땅딸막한 남자가 앞으로 나왔다.

"장군, 자네의 기병대에서 누가 가장 훌륭한 말을 가지고 있는가? 누가 최고의 기병인가?"

"아르놀트 샤르트의 말이 경주마보다 더 훌륭합니다." 장군이 재빨리 대답했다. "그리고 그는 그 말을 경마장의 기수처럼 다룹니다. 그는 백마기병대 소속입니다."

"아주 잘됐네." 왕자가 똑같이 쩌렁쩌렁 울리는 목소리로 말했다. "당장 그에게 지시하게. 이 미친 전갈을 들고 떠난 남자를 따라잡아 당장 말을 멈추게 하라고. 내가 그에게 권한을 줄 테니, 저 잘난 사령관도 아무 말 못할 걸세. 나에게 펜과 잉크를 주게나."

말을 마친 왕자가 망토를 뒤로 젖히며 자리에 앉자, 신하들이 필기도구를 대령했다. 왕자는 결연하게 일필휘지로 글을 썼다. 그 글은 다른 모든 명령을 무효로 만드는 것으로서, 폴란드 시인 페트로프스키의 처형을 멈추고 석방하라는 내용이었다.

한동안 죽음 같은 침묵이 이어졌다. 그 침묵을 박차고 일어난 것은 늙은 그로크 사령관이었다. 그는 선사시대의 석상처럼 눈도 깜빡거리지 않고 일어서더니, 망토와 기병도를 끌면서 방 밖으로 나가 버렸다. 그가 너무나 심각한 절망에 사로잡힌 것을 알고, 아무도 감히 그에게 군대를 시찰할 시간이라는 말을 꺼낼 수 없었다.

왕명을 받고 나타난 아르놀트 샤르트는, 곱슬머리의 활기찬 젊은이로 소년처럼 어려 보이는 얼굴이었지만, 백마기병대의 흰색 군복 위에 여러 개의 메달을 걸고 있었다. 왕자가 손수 여러

번 접은 서신을 그에게 건네자, 그는 곧장 성큼성큼 걸어 나가 말에 풀쩍 뛰어오르더니 좁고 가파른 길을 혜성처럼 달려가기 시작했다.

말없이 천천히 자기 막사로 돌아온 늙은 사령관은, 느린 동작으로 군모와 안경을 벗어서 이전처럼 탁자 위에 내려놓았다. 그는 큰 소리로 텐트 바깥에 있는 당번병을 불렀다. 그러고는, 당장 가서 백마연대의 슈바르츠 하사관을 불러오라고 명령했다.

잠시 후, 사령관 앞에 독일인이라고 하기엔 좀 더 검어 보이는 피부색의 남자가 나타났다. 턱에 거대한 흉터가 있는, 마르고 깐깐해 보이는 남자였다. 그의 피부색은 수년간의 흡연과 태풍과 거친 날씨 때문에 그렇게 바뀐 것이었다. 그는 경례를 올린 후 차렷 자세로 꼿꼿이 서 있었다. 사령관이 천천히 눈을 들어 그를 쳐다보았다. 수하에 여러 장군들을 거느린 제국의 사령관과 아무런 권한도 없는 초라한 장교 사이의 격차는 무척이나 컸지만, 이 이야기에 등장하는 모든 인물들 중에서 오직 이 두 사람만이 한마디 말없이, 눈빛만으로 서로를 이해했다.

"하사관, 나는 이전에 자네를 두 번 본 적이 있네." 사령관이 무뚝뚝하게 말했다. "한 번은, 내 생각엔, 자네가 군대 전체의 사격술 대회에서 최고상을 받았을 때였지."

하사관은 고개를 한 번 숙였을 뿐 아무 말도 하지 않았다.

"그리고 또 한 번은," 그로크 사령관이 하던 말을 계속했다.

"우리에게 적의 매복 장소를 가르쳐 주지 않으려 버티던 저 빌어먹을 할망구를 쏘아 죽인 장본인으로 자네가 의심을 받았을 때였지. 그 사건은 그때 상당한 논쟁을 불러일으켰지. 심지어 우리 내부의 몇 개 집단에서도 그랬으니까. 하지만 결국 여론은 자네 편으로 기울었지. 내가 자네 편을 들었으니까."

하사관은 다시 한 번 더 머리를 숙였을 뿐, 여전히 아무 말이 없었다. 사령관은 계속해서 무심한 어투로, 그러나 이례적으로 허심탄회하게 말했다.

"왕자 전하는 잘못된 정보를 가지고 계시고, 당신의 신변과 조국의 안전에 치명적인 위협이 되는 일에 현혹되어 계시네. 이런 착각 속에서, 그는 저 폴란드 시인 페트로프스키에 대한 형 집행정지 명령을 성급하게 보내신 거야. 오늘 밤에 처형되어야 마땅할 그놈을 말이야. 다시 한 번 말하겠네. 오늘밤에 반드시 처형되어야 할 사람이라고. 자네는 당장 샤흐트를 쫓아가. 그가 그 유예장을 지니고 있으니까, 그를 막도록 해."

"제가 그를 따라잡는 건 거의 불가능할 듯합니다, 사령관님." 슈바르츠 하사관이 입을 열었다. "그의 말은 우리 연대에서 최고로 빠른 말이고, 그는 최고의 기병입니다."

"난 자네더러 그를 따라잡으라고 말하지 않았네. 그를 중단시키라고 했지." 그로크 사령관이 말했다. 그러고 나서 그는 보다 천천히 힘을 주어 말했다. "종종 사람은 다양한 신호에 의해서 하던 일을 중단하거나 취소하게 되지. 고함 소리 아니면 총소리." 그의 목소리는 점점 커졌고, 끝날 듯 끝날 듯 계속 이어졌다. "카빈 소총을 발사하면 그의 주의를 끌 수 있을 거야."

그러자 검은 피부의 하사관이 세 번째로 고개를 숙였다. 이번에도 그의 험상궂은 입은 굳게 닫혀 있었다.

"세상이 바뀌었어." 그로크 사령관이 푸념했다. "세상은 말이나 비난이나 칭찬으로 바뀌는 게 아니라, 행동으로 바뀌었지. 세상은 이미 행동으로 바뀐 것을 뒤집지 못해. 지금 이 순간 한 남자를 죽이는 일은 반드시 행동에 옮겨야 할 일이지." 그는 갑자기 상대를 보며 강철같이 눈빛을 번득이더니 이렇게 덧붙였다. "내 말은, 당연히, 페트로프스키를 말하는 거야."

슈바르츠 하사관은 여전히 침묵 속에서, 더욱 험상궂은 미소만 지어 보였다. 그는 곧장 어두운 막사 바깥으로 걸어 나가, 말에 올라타고 길을 떠났다.

포즈나뉴로 떠난 세 명의 기병 중 마지막 기병은 심지어 첫 번째 기병보다 더 자기 목숨의 안위를 하찮게 여기는 인물이었다. 그러나 그도 인간이었던 만큼 이런 밤에 위험한 임무를 받게 되자, 저 냉혹한 풍경이 가하는 압박에 움츠러들 수밖에 없었다. 가파른 둑길을 따라 말을 달리는 동안, 사방에 펼쳐진 늪지는 무한대로 확장되어 바다보다 몇 만 배는 더 비정해 보였다. 그 속에서는 헤엄칠 수도 없고, 그 위에 배를 띄울 수도 없고, 다른 어떤 인간적인 행동도 할 수 없을 것 같았다. 가능한 행동이라고는 오로지 그 속으로 가라앉는 것뿐이고, 가라앉지 않으려고 발버둥 쳐봤자 아무 소용도 없는 곳이었다. 하사관은 모호하게나마 태곳적부터 존재해 온 원시적인 점액질과 같은 존재를 느꼈다. 그것은 단단하지도 않지만 그렇다고 액체도 아니고, 어떠한 형태를 띠는 것도 아닌 몹시 기분 나쁜 존재였다. 그는 자신을 둘러싼 모든 형태들 뒤에서 그것의 존재를 느꼈다.

독일 북부 지역에 사는 수천 명의 멍청하고 영리한 남자들처럼 그 또한 무신론자였다. 그러나 그는 인간이 진보함에 따라 지구도 자연스럽게 번영할 거라고 믿는 식의 행복한 무신론자는 될 수 없었다. 그의 눈앞에 놓인 세상은 초록색 풀들이나 살아 있는 생명체들이 진화하고 발전해서 열매를 맺는 식의 공간이 아니었다. 그 모든 세상은 오로지 깊은 심연으로, 모든 생물들이 바닥 모를 구덩이 속으로 영원히 꺼져 들 수밖에 없는 곳이었다. 그리고 그런 생각이, 이토록 혐오스러운 세상에서 그가 해야 하는 그 모든 이상한 임무들에도 불구하고 그를 더욱 단단하게 만들었다. 지도를 보듯이 둑 위에서 아래를 내려다볼 때, 평평하게 펼쳐진 초목들 속에 점점이 존재하는 회녹색 웅덩이들은 발전의 소산이라기보다는 질병의 근원지처럼 보였다. 즉, 육지로 둘러싸인 웅덩이들은 아마도 물이 아닌 독으로 가득 차 있을 것이다. 그는 언젠가 웅덩이에 독을 타는 것은 비인간적인 행동이라는 식의 인도주의적인 논쟁을 들어 본 적이 있었다.

그러나 그다지 감성적이지 않은 사람들이 대체로 그렇듯이, 하사관의 생각 역시 그의 신경과 실용적인 지식에 가해지는 어떤 무의식적인 긴장에 뿌리를 두고 있었다. 그의 눈앞에 곧게 뻗은 길은 황량할 뿐만 아니라, 영원히 끝나지 않을 것처럼 보이는 게 사실이었다. 멀리 누군가 다른 사람의 형체를 보지 못하는 상태에서 이렇게 멀리 혼자 말을 달려 보기는 생전 처음이었다. 젊은 샤흐트는 벌써 그렇게 멀리 갈 정도로 정말 빠른 말을 가진 것이 틀림없었다. 그가 비교적 짧은 시간 간격을 두고 출발했는데도 아직까지 따라잡지 못한 것을 보면 말이다. 사령관에게 말했듯이, 그는 정말 샤흐트를 따라잡을 수 있을 거라는 생각은 하지 않았다. 그러나 거리와 속도 감각이 유난히 뛰어난 편인 그는 어렴풋이 느낄 수 있었다. 틀림없이 얼마 지나지 않아 샤흐트를 발견할 수 있을 거라는 사실을. 그러고 나서, 점차 깊어 가는 절망 속에서 유령 같은 풍경들이 서서히 영혼을 조여 올 무렵, 그는 마침내 그를 보았다.

처음에는 하얀 점처럼 보이던 것이 조금씩 천천히 하얀 옷을 입은 사람의 모습으로 확대되고 있었다. 그는 꽤 앞서 가며 맹렬하게 말을 달리고 있었다. 슈바르츠 역시 맹렬한 속도로 말을 달리고 있었으므로 그 정도 거리까지 접근할 수 있었지만, 아직은 백마기병대의 표지인 흰색 군복에 대각선으로 맨 붉은 수대가

희미한 오렌지색 줄무늬 정도로만 보였다. 군대 최고의 사격수
는 지금 눈앞에 보이는 대상보다 더 작은 과녁들의 하얀 테두리
를 명중시킨 경험이 있었다.

그는 총을 꺼내 목표물을 겨냥했다. 갑작스러운 총성에 놀란
새들이 늪의 고요를 깨며 날아올랐지만, 슈바르츠 하사관에게
그런 것쯤은 전혀 문제가 되지 않았다. 그의 관심사는 오로지,
그토록 먼 거리에서도 꼿꼿하고 하얀 물체가 몸을 구부리며 자
세를 바꾸는 모습을 보는 것이었다. 그 남자의 모습이 갑자기 변
형되더니, 안장에 혹처럼 매달려 있었다. 슈바르츠는 자신의 정
확한 시력과 오랜 경험을 통해, 그의 먹이가 총에 맞은 것을 알
았다. 그것도 대충 맞은 것이 아니라, 총알이 정확히 심장을 관
통했다는 사실을 거의 확신했다. 곧이어 그는 두 번째 총알로 말
을 쏘아 쓰러뜨렸다. 말과 사람이 한꺼번에 곤두박질치더니, 길
아래의 어두운 늪지 속으로 하얀 포말을 튕기며 잠겨 들었다.

이 찔러도 피 한 방울 안 나올 하사관은 자신이 임무를 완성
한 것을 믿어 의심치 않았다. 그와 같은 종류의 빈틈없는 사람들
은 일반적으로 자신들이 하는 일에 있어 매우 정확하다. 그러나
그것이야말로 그들이 그토록 자주 실수를 범하는 이유이기도 하
다. 그는 군대의 정신이라 할 수 있는 동료애를 저버린 적이 있
었다. 그는 자신의 임무를 수행하고 있던 프랑스 장교를 죽인 적
도 있었다. 또한 자신의 군주를 속이고 그의 권위에 도전했으며,

개인적인 원한이 없는 사람을 죽인 적도 수없이 많았다. 그러나 그는 자신의 직속상관에게는 언제나 복종했으며, 그들이 원하는 대로 폴란드 사람을 죽이는 일을 도왔다. 이 순간, 그의 머릿속을 채운 것은 그로크 사령관에 대한 충성심뿐이었다. 그는 그로크 사령관에게 보고할 내용들을 생각하며 다시 말에 올라탔다. 그는 자신이 한 일의 정확성에 대해 전혀 의심하지 않았다. 사형 집행정지 명령장을 들고 가던 사람은 분명히 죽은 것이다. 설령 어떤 기적이 일어나 그가 죽지 않고 다시 살아난다 하더라도, 자신의 죽은 말 혹은 죽어 가는 말을 다시 타고 처형을 중지시키기 위해 마을까지 제시간에 도착하는 것은 불가능했다. 그럴 리 없다. 그러느니 차라리 그의 상관, 즉 절망적인 프로젝트를 시작한 그로크 사령관의 비호를 받을 수 있는 곳으로 돌아가는 것이 훨씬 더 실질적이고 신중한 행동일 것이다. 슈바르츠 하사관은 모든 면에서 위대한 그로크 사령관의 힘에 의지했다.

사실상 위대한 사령관은 하사관의 존경을 받기에 합당한 인물이기도 했다. 사령관은 괴물 같은 일을 저지른 후, 혹은 그 일이 일어나도록 원인 제공을 한 후, 당장 그 자리에 가서 그 사실을 눈으로 확인하는 일을 두려워하는 기색을 보이거나, 계속 끄나풀을 시켜서 연락을 취하는 식의 절충적인 방법들을 경멸했다. 한 시간쯤 후에, 정말로 사령관은 그의 하사관과 더불어 둑길을 따라 말을 타고 갔다. 사건이 일어난 장소에 이르자 사령관이 먼저 말에서 내렸다. 하사관에게는 그대로 말을 타고, 계속해서 원래의 목표 지점으로 가라고 지시했다. 시인이 처형된 후 온 마을이 다 잠잠해졌는지, 아니면 분노한 군중이 폭동이라도 일으키고 있는지 살펴보라는 것이다.

"그게 여기입니까, 사령관님?" 하사관이 낮은 목소리로 물었다. "저는 그게 더 먼 곳이라고 생각했습니다만…… 그 지긋지긋한 길은 악몽처럼 더 길게만 보였던 게 사실입니다."

"여기가 맞아." 그로크 사령관이 단호하게 대답했다. 그는 몸을 비틀어 안장과 등자에서 육중하게 뛰어내린 다음, 길 가장자리에 설치된 난간에 다가가서 아래를 내려다보았다.

늪지 위로 솟아오른 달이, 어두운 물과 초록빛 덤불들을 비추며 위용을 자랑하고 있었다. 그리고 가장 가까운 비탈의 기슭, 반짝이는 폐허처럼 우거진 갈대밭 속에, 가장 뛰어난 백마와 연대의 것이 분명한 흰 군복을 입은 시체가 누워 있었다. 그들을 식별하는 것은 전혀 어렵지 않았다. 달빛이 젊디젊은 아르놀트 샤르트의 황금빛 곱슬머리에 후광 같은 것을 씌워 주고 있었기 때문이다. 두 번째 기병이자 집행정지 명령장을 들고 가던 사람. 신비로운 달빛은 칼집과 제복의 단추들, 그의 자랑이었던 무공 훈장들과 직위를 알려 주는 계급장까지 비추어 주었다. 아래에 떨어져 누운 우아한 젊은이의 모습과 절벽 위에서 그를 내려다보고 있는 바위같이 거대하고 기괴한 인물이 이루는 대조보다 더 끔찍한 것은 없었으리라. 그로크 사령관은 다시 자신의 군모를 벗었다. 그가 비록 모호하게나마 죽은 사람 앞에서 조의를 표하는 행동을 했음에도 불구하고, 당장 외관상으로는 그의 괴상한 대머리와 목 때문에, 달빛 속에서 돌처럼 반짝이는 하마나 석기시대의 괴물을 보는 듯했다. 저 유명한 판화가 롭스❖나 검고 환상적인 동판화를 만들던 17세기의 독일파 화가들이라면 아마 이러한 그림을 그렸을지도 모른다. 딱정벌레처럼 생긴 냉혹하고 거대한 괴물이 싸움에 진 천사의 부러진 흰 날개와 황금빛 갑옷을 내려다보고 있는 장면으로 말이다.

그로크 사령관은 아무런 기도도 올리지 않았고 유감을 표하지도 않았다. 그러나 그의 마음이 전혀 움직이지 않은 것은 아니었다. 그것은 어둡고 거대한 늪지도 가끔은 살아 있는 생명체처럼 움직이는 것과 같은 원리일 것이다. 그리고 이런 종류의 남자들이 잘 그러듯이, 자기도 모르게 희미한 방어 본능이 깨어나기 시작하면, 자기만의 신념을 공식화하여 자신의 행동을 합리화하려 했다. 그는 황량한 밤하늘과 자신을 내려다보는 달빛을 향해 말했다.

"그런 행동이 있기 전이나 후나 독일인의 의지는 변함이 없다. 독일인의 의지란 후회가 많은 다른 민족들의 종교처럼, 변화

....

❖ Félicien Rops(1833~1898). 19세기 벨기에의 유명한 판화가.

나 시간에 의해 부서질 수 있는 것이 아니다. 그것은 시간을 초월하여 언제나 똑같은 얼굴로 과거와 미래를 바라보는, 바위처럼 견고한 정신이니까."

그는 독백을 마친 후, 가슴속의 차가운 공허감이 특별한 예감으로 가득 찰 때까지 한동안 말없이 서 있었다. 그 모습은 마치 석상이 입을 열어 침묵의 계곡에서 말을 한 것만 같았다. 그러나 오래지 않아 멀리서 들려오는 희미한 말발굽 소리가 그의 침묵을 흔들어 놓았다. 잠시 후 전속력으로 경주하듯이 높은 둑길을 달려 내려오는 하사관의 모습이 보였다. 달빛 아래로 드러난 그의 흉터투성이 시커먼 얼굴은 험상스럽다 못해 저승사자처럼 무시무시해 보였다.

"사령관님!" 그가 이상하게 뻣뻣한 동작으로 경례를 했다. "그 폴란드 시인 페트로프스키를 보았습니다!"

"아직 땅에 묻히지 않았던가?" 여전히 낭떠러지 아래를 내려다보던 사령관이 추상적인 관념들에 잠긴 채로 물었다.

"만약 그랬다면, 죽었다가 되살아나서 무덤 입구의 바윗돌을 굴려 버리고 나온 거겠죠." 슈바르츠가 대답했다.

공상 같은 건 할 줄 모르는 슈바르츠였지만, 지금 그는 사령관 앞에서 달과 늪지만 멍하니 쳐다보고 있었다. 사실상 그에게는 지금 이런 풍경이 전혀 눈에 들어오지 않았다. 아직도 그의 눈은 조금 전에 보았던 믿기 어려운 장면들에 사로잡혀 있었다.

분명히 파울 페트로프스키가 살아서, 그것도 재빠르게 주위를 살피며 저 둑길 끝에 있는 폴란드인 마을의 아름다운 조명이 밝혀진 큰 길을 따라 걸어 내려오는 것을 본 것이다. 날씬한 몸매에 깃털같이 가볍게 날리는 머리칼, 염소수염처럼 기른 프랑스식 턱수염. 그렇게 특이한 외모를 한 인물을 다른 사람과 혼동할 리는 없었다. 그 모습은 수많은 개인 앨범들과 잡지에 삽화로 실려 있었기 때문이다. 그의 등 뒤로 보이는 폴란드인 마을은 깃발들과 횃불들로 환하게 밝혀져 있고, 승리감에 도취된 군중들이 거리로 몰려나와 자신들의 영웅을 찬양하고 있었다. 그들의 위대한 영웅을 석방해 준 덕분에, 프로이센 정부에 대해 품었던 반감은 한결 누그러졌을 것이다.

"자네 말은, 그들이 감히 나의 명령을 무시하고 그를 풀어 주었단 말인가?" 그로크 사령관이 언성을 높여 거칠게 소리쳤다.

슈바르츠는 다시 한 번 고개를 숙이며 말했다.

"그들은 사형집행장을 받기 전에 이미 그를 석방했습니다. 그때까지 그들은 아무런 메시지도 받지 못했으니까요."

"자네는 결국, 우리 캠프에서 보낸 기병 중에서 아무도 그곳에 도착한 자가 없었다는 말을 나보고 믿으라는 건가?" 그로크 사령관이 신음하듯이 말했다.

"정말 아무도 도착하지 못했습니다." 하사관이 대답했다.

너무나 기가 막힌 나머지 그로크 사령관은 한동안 아무 말도 하지 못했다. "빌어먹을, 도대체 무슨 일이 벌어진 건가? 자네가 한번 설명해 보겠나?"

"그 모든 것을 설명해 줄 만한 증거물이 있었습니다." 하사관이 대답했다.

폰드 씨는 여기까지 이야기한 후, 적절한 표현이 떠오르지 않아 잠시 말을 멈추었다.

"그러니까, 폰드 씨는 그런 일이 일어난 이유를 알고 있는 거죠?" 게이허건이 참지 못하고 끼어들었다.

"아마도, 그렇겠지." 폰드 씨가 부드럽게 대답했다.

"잘 아시겠지만, 저는 그 사건에 관한 소식이 우리 부서에 도착했을 때 그 일이 불러올 반향에 대해 혼자 우려를 많이 했어요. 그건 정말로 프로이센 군대의 충성심이 지나쳐서 일어난 일이었으니까요. 그러나 그건 또한 프로이센 군대의 약점 때문에 벌어진 일이기도 했지요. 그 약점은 바로 남을 경멸하는 버릇이었죠. 사람들을 눈멀게 하고, 미치게 하고, 자신을 속이게 만드는 모든 열정 가운데서, 최악의 것은 바로 경멸이라고 할 수 있어요.

그로크 사령관은 그 소 앞에서 너무 편안하게 많은 것을 말했던 거죠. 그리고 양배추 앞에서 너무 많은 비밀을 털어놓았던 겁니다. 무슨 말인가 하면, 그는 자기의 참모였던 멍청한 부하들을 너무 경멸했어요. 그래서 첫 번째 전령이었던 호르크하이머 중령을 마치 가구처럼 취급했지요. 단순히 그가 아무 생각 없는 바보처럼 보인다는 이유로 말입니다. 하지만 그 중령은 그가 생각한 것처럼 그렇게 바보가 아니었어요. 그는 또한 위대한 사령관이 무엇을 말하고 싶은지를 완벽히 이해했지요. 평생 동안 지저분한 임무들만 수행해 온 저 냉소적인 슈바르츠 하사관만큼이나 말이죠. 게다가 호르크하이머 중령은 사령관의 특별한 도덕철학도 이해했어요. 한번 행동하기로 마음먹으면, 그것이 올바르지 않다는 것을 알더라도 의심하지 않고 끝까지 실행에 옮겨야 한다는 것을. 그는 자신의 사령관이 원하는 것이 오로지 페트로프스키의 시체라는 것을 간파했지요. 사령관은 어쨌든 그를 죽일 결심을 했으므로, 왕자를 속이고 병사들을 희생시켜서라도 그 목표를 관철하고자 했어요.

중령은 자기 뒤에 더 빠른 기병이 달려오는 소리를 들었을 때, 그가 자기를 따라잡으려고 한다는 걸 알았어요. 그리고 그 새로운 기병이 틀림없이 왕자의 자비가 담긴 전언을 지녔을 거라는 사실도. 그는 그로크 사령관만큼이나 눈치가 빨랐으니까요. 아직 젊은 프랑스 출신 장교인 샤흐트는 이 사건에서 희생됨으로써, 보다 자비로운 정책의 통보관으로 격상될 만한 가치가 있는 인물이었지요. 제가 이 이야기에서 독일군들을 너무 많이 무시한 경향이 있지만, 사실 그들에게도 매우 관대한 전통이 있었으니, 샤흐트는 그 전통의 현현처럼 보였어요. 그는 유럽의 고귀한 기사도로 단련된 기병이 보여 줄 수 있는 속도로 달려와서는 말을 멈추었지요. 그러고는 그 자리에 서서 통보관의 나팔 소리와 비슷한 어조로 상대를 불렀어요. 말을 멈추고, 뒤를 돌아보라고. 호르크하이머는 일단 그 말에 복종하는 듯했어요. 즉, 말의 고삐를 당겨 멈춰 선 다음 안장에 앉은 채로 뒤를 돌아보았으니까요. 그러나 그 순간 그의 손은 카빈 소총에 닿아 있었고, 당장 방아쇠를 당길 준비를 했지요. 그는 정확히 샤흐트의 미간을 쏘았어요.

방해물을 제거한 그는 다시 몸을 돌려 말을 몰았어요. 폴란드 시인의 사형집행장을 전달하기 위해서. 등 뒤에서 샤흐트와 그의 말이 난간을 부수며 둑 아래로 떨어지는 소리가 들렸으므로, 이제 자기를 따라올 사람은 아무도 없다고 생각했지요. 그러나 그 텅 빈 둑길에 이제 세 번째 전령이 달려가고 있었지요. 끝이 없어 보이는 둑길을 따라 그는 미친 듯이 달려가고 있었어요. 마침내 멀리 앞서 달려가고 있는 하얀 점을 발견했을 때, 그게 틀림없는 백마기병대의 군복이라는 것을 확인한 후, 그도 역시 총을 쏘았던 것이지요. 그러니까, 그가 쏜 것은 두 번째 기병이 아니라 첫 번째 기병이었던 거죠.

그래서 그날 밤 세 사람 모두 폴란드 마을에 도착하지 못한 거죠. 그게 그 죄수가 살아서 감옥 밖으로 걸어 나갈 수 있었던

이유였고요. 그로크 사령관에게는 두 명의 충성스러운 부하가
있었다고 하지만, 그런 충성스러운 부하는 한 명만 있어도 충분
했을 거라는 말에 아직도 반대하시는지요?"

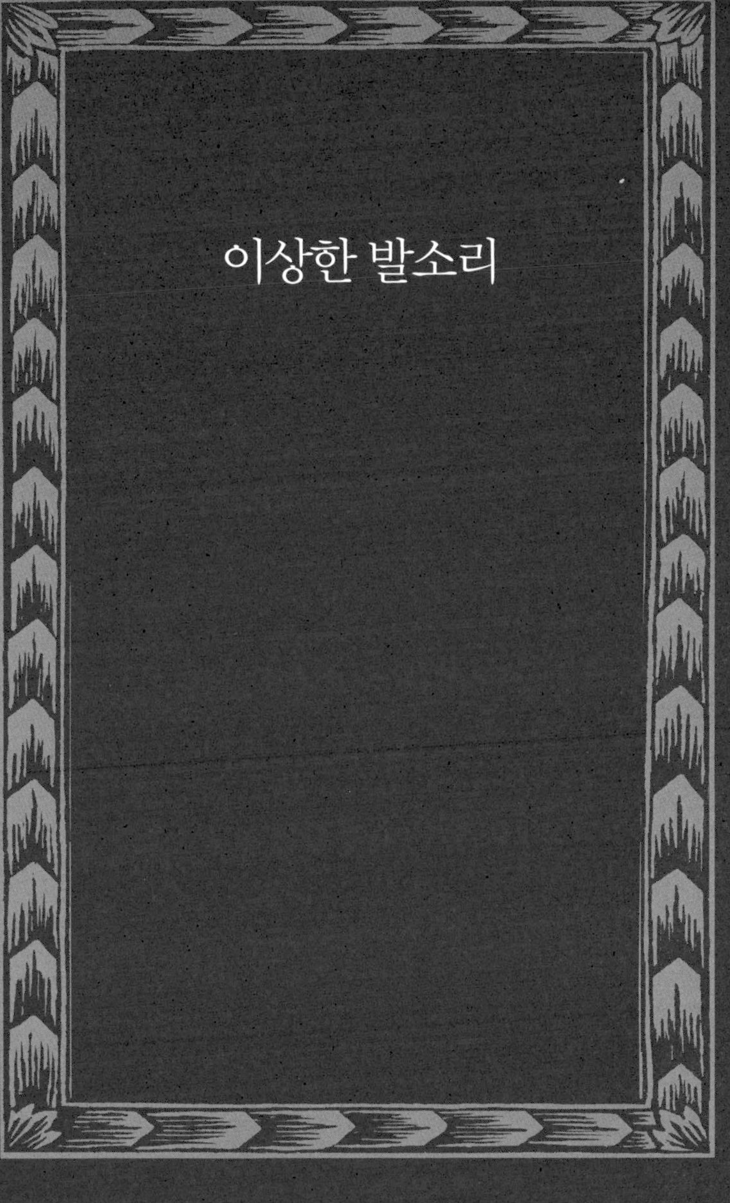
이상한 발소리

‘열두 명의 진정한 어부들’ 클럽의 연례 만찬이 있는 날이었다. 이날 저녁 만찬에 참석하기 위해 버논 호텔로 들어가는 회원을 누군가 가까운 곳에서 지켜보았다면, 그가 외투를 벗었을 때 속에 입은 연미복이 검은색이 아니라 초록색이라는 점을 발견했을 것이다. 이 클럽은 입회 조건이 까다롭기로 유명했다. 당신이 이런 고귀한 분들에게 감히 말을 걸 수 있을 정도로 대담무쌍하다는 가정하에서 그에게 초록색 연미복을 입은 이유를 물어본다면, 그는 아마도 이렇게 대답할 것이다. "호텔 종업원으로 오인당하는 일을 피하기 위해서"라고. 당신은 더 이상 물어볼 용기가 없어서 그쯤에서 물러설지도 모른다. 하지만 거기서 멈춘다면 당신은 그 초록색 연미복의 비밀과 그에 얽힌 재미있는 이야기를 놓치는 셈이다.

물론 이것도 불가능한 상황이라는 점에서는 마찬가지긴 하지만, 당신이 우연한 기회에 작달막한 키에 온화한 얼굴을 하고서 바쁘게 움직이는 브라운 신부와 마주친다고 가정해 보자. 그리고 그에게 지금껏 살아오면서 경험한 것 중 최고의 행운이 무엇이었냐고 물어보는 것이다. 그는 오래 머뭇거리지 않고 이렇게 대답할 것이다. 그것은 바로 버논 호텔에서 있었던 일이라고. 그곳에 잠시 머무는 동안, 통로에서 나던 몇 번의 발소리를 분간하는 것만으로 범죄를 막았을 뿐만 아니라, 한 인간의 영혼을 악에서 구하기까지 했다고. 그는 자신의 엉뚱하지만 놀라운 추리력을 자랑스러워한 나머지 당신에게 직접 그 이야기를 들려줄지도 모른다. 그러나 당신이 ‘열두 명의 진정한 어부들’ 클럽을 만날 정도로 높은 지위에 오르는 일은 어마어마하게 어려운 일이기 때문에, 혹은 브라운 신부와 마주칠 정도로 낮고 천한 빈민굴에 살게 되거나 범죄자의 소굴로 굴러 떨어지기도 어렵기 때문에, 내가 아니면 그 누구에게서도 이런 이야기를 들을 수 없을 것이다.

‘열두 명의 진정한 어부들’이 연례 만찬 행사를 열었던 버논 호텔은 고대 귀족 사회에서나 존재했을 법한 장소로, 훌륭한 매너와 양식을 광적으로 추구했다. 이 호텔은 혼란스러운 상류사

회의 산물인 '배타적인 회원제' 방식의 사업체라 할 수 있었다. 즉, 많은 사람들을 끌어들이는 방식으로 돈을 버는 것이 아니라, 사람들을 배척함으로써 돈을 버는 곳이었다. 금권주의 정치가 한창이던 무렵이라, 사업가들이 고객들보다 더 까다롭게 고객을 가림으로써 돈을 벌 정도로 교활해졌기 때문이다. 그들은 적극적으로 제한 조건들을 만들어 냈고, 권태로워하던 부자 고객들은 그 조건들을 충당하기 위해 돈과 외교적인 수완을 발휘하며 재미를 느꼈다. 만약 런던에 있는 어느 고급 호텔이 키 180센티미터 이하인 사람들의 출입을 금지했다면, 사교계는 그 호텔에서 식사를 하기 위해 순순히 키 180센티미터인 사람들의 모임을 만들었다. 또 어떤 값비싼 레스토랑이 순전히 주인의 변덕에 의해서 오로지 목요일 오후에만 영업을 한다고 선언하면, 그곳은 목요일 오후에 넘쳐나는 손님들로 앉을 자리가 없었다.

버논 호텔은 마침 상류층이 선호하는 화려한 벨그라비아 광장의 모퉁이에 있었다. 규모가 작은 데다 매우 좁고 불편하기까지 한 호텔이었지만, 오히려 이런 불편함이 특정 계층의 사람들을 보호해 주는 방패막이로 간주되었다. 특히 이 장소에서 한꺼번에 식사를 할 수 있는 인원이 스물네 명으로 제한되어 있다는 사실이야말로 최상류층 귀족들의 흥미를 끌었다. 이 호텔의 명물은 런던에서 가장 오래되고 화려한 정원 중 하나를 내려다보며 식사를 할 수 있는 베란다로, 이곳에는 유일무이한 대형 만찬용 식탁이 놓여 있었다. 따라서 이 식탁에 놓인 스물네 개의 좌석에 앉을 수 있는 사람들만이 따뜻한 날씨에 신선한 공기를 마시며 멋진 야외식사를 즐길 수 있었던 것이다. 이런 특권을 누리는 일이 더 힘들면 힘들수록, 사람들은 그것을 더욱 갈망하는 법이다. 이 호텔의 현재 소유자는 레버라는 이름의 유대인이었는데, 이처럼 호텔에 들어오는 조건을 까다롭게 정한 것만으로 엄청난 재산을 거머쥐었다. 물론 이런 제한적인 조건들을 신중하고 고급스러운 사업 수완과 결합했기에 가능한 일이었다. 이곳의 와인과 요리는 정말로 유럽 최고라 할 만한 수준이었고, 종업원들의 태도는 영국 최상류층의 분위기를 정확히 반영했다. 호텔의 경영자는 종업원들 하나하나를 자기 손의 손가락들처럼 잘 파악하고 있었다. 종업원들은 모두 합해 열다섯 명밖에 되지 않았다. 믿거나 말거나지만, 그 호텔의 종업원으로 취직하기가 영국 의회 의원이 되는 것보다 훨씬 더 어렵다는 소문이 있었다. 각각의 종업원들은 놀라우리만치 조용하고 부드럽게 시중을 들도록 훈련이 되어 있어서, 그들의 대접을 받으면 마치 최고의 충복을 지닌 귀족이 된 듯한 기분을 느낄 수 있었다. 그리고 거기에서 식사하는 귀족들에게는 정말로 일 인당 한 명 이상의 종업원들이 따라붙었다.

열두 명의 진정한 어부들 클럽은 그들만의 독특하고 사치스러운 방식을 주장한 만큼, 이 호텔이 아닌 다른 곳에서 만찬을 갖는 것은 상상도 할 수 없었다. 심지어 자신들이 식사를 하는 동안, 다른 사람들이 같은 건물에서 식사를 하는 것도 허락하지 않았다. 만찬이 진행되는 날이면, 그들은 마치 개인의 저택에 와 있는 것처럼 자신들의 모든 보물들을 식탁에 늘어놓는 습관이 있었다. 특히 그 사교 클럽만의 표식이라 할 수 있는 유명한 은제 생선 나이프와 포크 세트가 등장했는데, 이들은 각각 물고기 모양으로 정교하게 세공이 되어 있었고, 각각의 손잡이 부분에 는 커다란 진주가 한 알씩 박혀 있었다. 이들은 생선 요리 코스 가 나올 때마다 자연스럽게 함께 차려졌고, 생선 요리 코스는 그 훌륭한 만찬의 진수라 할 수 있었다. 이 클럽의 모임에는 지나칠 정도로 다양한 의례들과 규칙들이 있었지만, 그것들 모두에 특 별한 역사나 목적이 있는 것은 아니었다. 한마디로 귀족들만의 지극히 자기만족적인 의례들일 뿐이었다. 당신이 열두 명의 어 부에 낄 정도로 훌륭한 사람이라면 당신은 그 클럽에 가입하기 위해 특별히 어떤 행동을 취하지 않아도 벌써 회원으로 영입되 었을 것이다. 그러나 그와 반대로 당신이 이미 그런 인물로서의 자격을 갖추지 못했다면, 당신은 그런 모임이 있는지조차 알 수 없을 것이다. 그 모임은 올해 12주년을 맞이했고, 회장은 오들 리, 부회장은 체스터 공작이었다.

이 호텔의 놀라운 분위기를 조금이라도 전달한다면, 독자는 내가 그곳에 대해 어떻게 그렇게 잘 알게 되었는지에 대해 자연스레 의문을 제기할 것이고, 심지어 그토록 평범한 내 친구 브라운 신부가 어떻게 그 화려한 곳에 들어갈 수 있었는지를 궁금하게 여길 것이다. 그 점에 관해서라면 내 설명은 간단하거나, 평범하기 짝이 없다. 세상에는 매우 오래된 난폭한 선동가들이 있으니, 그들은 모든 인간이 형제들이고 평등하다는 식의 지겨운 이야기를 늘어놓으며, 아무리 견고한 은신처라도 찾아내서 뚫고 들어간다. 이 모든 계급의 차이를 없애는 자, 곧 죽음을 알리는 저승사자가 그의 창백한 말을 이끌고 찾아가는 곳이면 어디든지 그를 따라가는 것이 브라운 신부의 일이었다.

그날 오후 열다섯 명의 종업원들 중 이탈리아에서 온 사람이 중풍으로 쓰러졌다. 그러자 그의 유대인 고용주는 그가 죽을지도 모른다는 생각에, 만일의 경우에 대비하여 가장 가까운 곳에 있는 가톨릭 신부를 불러오는 일에 찬성했던 것이다. 신부는 모든 고해성사를 비밀로 간직해야 하므로, 그 종업원이 브라운 신부에게 참회한 내용은 알 수 없지만, 유언을 전달하기 위해서나 어떤 잘못을 바로잡기 위해 신부가 약간의 기록이나 성명서를 남겨 둔 것은 분명하다. 브라운 신부는 버킹엄 궁전에서라도 그랬을 만한 온화하고 당당한 태도로, 죽은 사람을 위해 몇 가지 사항을 기록을 해야 하니 방과 필기도구를 빌려 달라고 호텔 측에 요청했다. 호텔 경영자 레버는 갈등에 사로잡혔다. 그는 상냥한 사람이긴 했지만, 조금이라도 어렵거나 힘든 상황은 회피하려고 단지 친절한 태도를 취하는 가식적인 인물이었기 때문이다. 그날 저녁 그의 호텔에 이례적으로 등장한 이방인의 존재는 방금 청소해 놓은 공간에 생겨난 한 점 더러운 얼룩과도 같았다. 버논 호텔에는 절대로 빈방이나 곁방이 있을 수 없었다. 홀에서 기다리는 사람이 있어서도 안 되고, 우연히 들어오는 손님도 절대 사절이었다. 그날 그곳에는 오로지 열다섯 명의 종업원과 열두 명의 손님만 있어야 했다. 그날 밤 호텔에서 그 외에 새로운 손님을 발견한다는 것은, 가족들만이 사는 집에서 생전 처음 보는 사람이 새로운 형제라며 아침 식사를 하거나 차를 마시고 있는 것을 보는 것만큼이나 놀라운 일에 해당했다. 게다가 신부의 외모는 보잘것없었고, 입고 있는 옷은 진흙투성이였다. 회원 중 한 명이 멀리서 그를 흘긋 보기라도 하는 날에는 그 클럽의 만찬에 위기가 닥칠지도 모른다. 레버는 이 망신스러운 일을 완전히 피할 수는 없다는 것을 깨닫고, 어떻게든 그것을 가릴 수 있는 묘안을 생각해 냈다. 결코 일어날 법하지 않은 일이긴 하지만, 혹시라도 당신이 버논 호텔에 들어갈 일이 생긴다면, 일단 약간 어두컴컴하지만 매우 진귀한 그림들로 장식된 짧은 통로를 따라 가다가, 중앙 현관과 라운지에 도달할 것이다. 거기서부터 오른쪽으로는 객실로 통하는 복도가 시작되고, 왼쪽으로는 호텔의 주방과 사무실들로 연결되는 통로가 이어진다. 이때 당신의 바로 왼편에 보이는 것이 유리로 된 사무실의 모퉁이로, 라운지의 일부를 차지하고 있다. 말하자면 집 안의 집이랄까, 오래전에는 간단한 술을 마실 수 있는 바가 있었을 법한 공간이었다.

이 사무실에 레버의 대리인이 앉아 있었다. 레버는 이 장소에 본인이 직접 나타나는 일을 가급적 피했다. 바로 그 사무실 너머, 즉 하인들의 공간으로 가는 길목에 신사들의 외투보관소가 있었는데, 여기까지가 신사들의 영역이었다. 그러나 그 사무실과 외투보관소 사이에 별다른 출구가 없는 작은 개인용 방이 있었으니, 그 방은 가끔씩 경영자가 미묘하거나 중요한 일을 할 필요가 있을 때만 사용하는 곳이었다. 즉, 공작에게 1천 파운드를 빌려 준다든가 6펜스를 빌려 주는 것을 거절하는 일 따위에 말이다. 그가 이 신성한 공간을 반 시간가량이나, 그것도 일개 성직자가 별로 중요하지도 않은 문서를 꾸미는 일에 내준다는 것은 엄청난 인내심을 요하는 일이었다. 브라운 신부가 그날 기록한 이야기는 이것보다 훨씬 더 훌륭하겠지만, 그 내용은 결코 공개되지 않을 것이다. 하지만 나는 그 글이 꽤 길었으며, 그 글의 마지막 두세 단락은 가장 재미없고 따분한 것이었을 거라는 말만 할 수 있다.

브라운 신부가 이 마지막 대목을 작성할 무렵, 조금씩 이런저런 상념이 찾아들면서 그의 날카롭고 예민한 동물적인 감각이 깨어나기 시작했기 때문이다. 차차 어둠이 내리면서 저녁 식사 시간이 다가오고 있었다. 그가 앉아 있던 작은 방에는 전등이라고는 없었으므로, 어둠이 짙어짐에 따라 자연스럽게 청각이 더 밝아진 것인지도 모른다. 신부가 서류에서 가장 중요도가 낮은 대목을 작성하고 있을 때였다. 방 바깥에서 정체를 알 수 없는 소리가 들려오기 시작했다. 일정한 리듬을 지닌 그 소리는 여러 번 반복되었는데, 신부는 자신이 무심코 그 소리의 리듬에 맞춰 글을 쓰고 있다는 것을 알아차렸다. 철로 옆에 서 있는 사람이 종종 기차 소리에 맞춰 생각을 시작했다가 그쳤다가 하듯이 말이다. 정신을 바짝 차리고 들어 보니 그 소리가 무엇인지 알 수 있었다. 그 소리는 보통 사람이 호텔의 복도를 지나갈 때 내는 흔한 구두 소리였다. 그러나 그는 어두워 가는 방의 천장을 응시하면서 더욱 소리에 집중했다. 그는 몇 초간 꿈을 꾸듯이 멍한 얼굴로 소리를 들은 후에, 이번엔 자리에서 일어나 머리를 한쪽으로 갸우뚱 기울인 채로 의식적으로 그 소리에 귀 기울여 보았다. 그는 다시 자리에 앉아 두 손에 얼굴을 파묻었고, 이제 단순히 듣기만 하는 것이 아니라 들으면서 골똘히 생각에 잠겼다. 밖에서 들리던 발자국 소리들은 한 단위씩 떼어서 들을 때는 어느 호텔에서나 들을 법한 흔한 소리였다. 그러나 전체적으로는, 뭔가 매우 이상한 구석이 있었다. 그 발자국 외에 다른 발자국 소리는 전혀 들리지 않았다. 그 호텔은 항상 매우 조용했는데, 이 호텔에 익숙한 소수의 선택받은 손님들은 전혀 헤매는 일 없이 곧장 자기 방으로 가버렸기 때문이다. 그리고 잘 훈련된 종업원

✝ 이상한 발소리 ✝

들은 손님이 부르기 전까지는 거의 눈에 띄지 않게 조용히 행동할 것을 명령받았다. 이 호텔에서는 이례적인 일이 일어날 확률이 거의 없었고, 그 점에서는 지금까지 이 호텔을 따라올 곳이 없었다. 그러나 이 발자국 소리들은 너무나 기묘해서 딱히 규칙적이라거나 불규칙적이라고 단정하기가 거의 불가능했다. 브라운 신부는 탁자 모서리에 손을 얹고서 발자국 소리에 맞춰 탁자를 두드려 보았다. 마치 피아노의 곡조를 배우는 사람처럼.

처음에는, 빠르고 보폭이 좁은 걸음으로 종종거리며 걷는 듯한 소리가 길게 이어졌다. 마치 경보대회에 출전한 날렵한 선수가 걷는 소리처럼. 그러다 어느 지점에서 그 소리가 중단되면서 일종의 느리고, 몸을 흔들면서 무게를 실어 걷는 듯한 소리로 바뀌었는데, 앞의 걸음보다 네 배는 느렸지만 소리가 지속되는 시간은 역시 똑같았다. 느린 걸음의 마지막 메아리가 채 사라지기도 전에, 가볍고 급하게 뛰듯이 걷는 소리가 다시 경쾌하게 들려왔다. 그러고는 다시 무거운 걸음으로 쿵쿵 땅을 울리며 걷는 소리가 들렸다. 분명히 한 사람의 부츠에서 나는 소리였다. 달리 다른 사람의 부츠 소리라고는 들리지 않았기 때문이기도 하고, 두 종류의 걸음걸이 모두에 아주 작은 소음이지만 분명히 삐걱거리는 소리가 공통적으로 들렸기 때문이다. 브라운 신부는 끝없이 의문을 품지 않고는 견딜 수 없는 호기심의 소유자였던 만큼, 이 수상한 소리의 비밀을 쫓느라 거의 머리가 쪼개질 지경이었다. 그는 점프하기 위해 달리는 사람이나, 슬라이딩을 하기 위해 달리는 사람들을 본 적은 있었다. 그러나 도대체 왜 이 발소리의 장본인은 걷기 위해서 달린단 말인가? 혹은, 그 반대로, 왜 그는 달리기 위해 걷는단 말인가? 완전히 다른 관점에서 생각해 보면 이 보이지 않는 다리 한 쌍의 괴상망측한 행동을 해명할 수 있을지도 모른다. 그 남자는 복도의 다른 절반을 매우 천천히 걷기 위해 한쪽 절반을 매우 빠르게 걸어가고 있었거나, 아니면 다른 절반을 빨리 걸어가는 즐거움을 갖기 위해 한쪽 끝까지 매우 천천히 걸어가고 있었을 것이다. 그러나 어느 쪽의 추측도 신빙성이 없어 보였다. 그의 머리는 어둠에 잠겨 드는 그 은밀한 방처럼 점점 더 오리무중에 빠져들었다.

그러나 그가 다시 한 번 생각을 가다듬어 그 발소리를 차분히 분석하기 시작하자, 방에 가득한 어둠이 그의 생각을 오히려 생생하게 밝혀 주는 것 같았다. 즉, 환상의 발이 복도를 따라 부자연스럽게, 혹은 상징적인 몸짓으로 이리 뛰고 저리 뛰는 장면이 실제로 보는 것처럼 그의 눈앞에 떠오르기 시작한 것이다. 그것은 이교도들의 종교적인 춤이었을까? 혹은 전적으로 새로운 종류의 과학적인 운동일까? 브라운 신부는 발자국이 암시하는 것이 무엇인지를 알아내기 위해, 좀 더 정확하고 구체적인 질문들을 던지기 시작했다. 우선 느린 걸음 소리부터 생각해 보자. 일단 그것이 호텔 경영자의 발소리가 아닌 것은 분명했다. 그와 같은 유형의 사람들은 빠르게 뒤뚱거리며 걷거나, 아니면 조용히 앉아 있거나 둘 중 하나였다. 그것이 지시를 기다리는 하인이나 메신저의 걸음과 같을 리 없었고, 결코 그렇게 들리지도 않았다. 이와 같은 과두정치 시대에 낮은 계층의 사람들은 어느 정도 술이 취할 때는 가끔씩 비틀거리며 걷는 게 정상이겠지만, 만일 그들이 이렇게 예외적으로 훌륭한 장소에 오게 된다면, 잔뜩 주눅이 들어서 긴장된 태도로 서 있거나 가만히 앉아 있는 게 보통일 것이다. 그러니 낮은 계급의 사람은 절대 아닐 것이다. 저 무거우면서도 탄력 있는 걸음은, 조심성이라곤 없었다. 그렇다고 특별히 시끄럽지는 않지만, 걸을 때 나는 소음에 대해서 별로 신경 쓰지 않는 것을 보면, 이 걸음은 지구상의 동물들 중 오직 한 종류의 존재들에게만 속한 것이 분명하다. 그것은 서유럽의 귀족들로, 한 번도 먹고 살기 위해 일해 본 적이 없는 사람들이다. 이 걸음은 분명히 그들의 것이다.

그가 이처럼 굳은 확신에 도달했을 무렵, 문제의 발걸음 소리는 갑자기 빨라지면서, 생쥐처럼 날쌘 속도로 문 앞을 지나쳐 갔다. 신부는 이번 걸음이 훨씬 더 빨랐음에도 불구하고, 그 남자가 거의 발끝으로 걷듯이 무게를 줄여 조용히 지나가고 있다는 것을 깨달았다. 그러나 그 소리는 뭔가 다른 어떤 것, 비밀은 아니지만, 기억 속에 남아 있는 어떤 이미지와 연관되어 있었다. 기억날 듯 말 듯 하면서 완전히 떠오르는 법이 없는 반쪽짜리 기억을 붙들고서 그는 한참이나 멍한 상태에 빠졌다. 분명히 그는 그 이상하고 재빠른 걸음 소리를 어디선가 들은 적이 있었다. 불현듯 뭔가 새로운 것이 생각난 그는 벌떡 일어나 문을 향해 다가갔다. 그가 있는 비밀의 방에서는 복도로 곧장 통하는 출구가 없었지만, 한쪽으로는 유리벽으로 둘러싸인 사무실과 맞닿아 있었고, 다른 쪽은 사무실 뒤쪽의 외투보관소와 이어져 있었다. 그는 사무실로 들어가는 문을 열려고 했지만, 잠겨 있었다. 창문 너머에는 뇌우를 머금은 자줏빛 구름들이 석양을 덮으며 서서히 검푸른 하늘로 몰려들고 있었다. 그는 순간적으로, 눈치 빠른 개처럼 불길하고 사악한 낌새를 감지했다.

그게 꼭 더 현명한 일이라고 단정 지을 수는 없겠지만, 그의 내면에서 이성이 다시 감성을 누르고 우위를 되찾았다. 호텔 경영자가 그 문을 잠그면서, 나중에 다시 와서 문을 열어 주겠다고 말한 것이 기억났다. 아직까지 알아내지는 못했지만 저 바깥에서 들리는 기괴한 소리를 설명해 줄 단서가 분명 여러 가지 있을 것이다. 그는 이쯤에서 스스로를 다독이며 잠시 생각을 멈추어야 했다. 이제 빛이 거의 남아 있지 않아서, 남은 서류 작업을 마치려면 서둘러야 했다. 폭풍이 몰려오는 저녁 하늘빛에 의지하여 글을 쓰기 위해 그는 종이를 창가 쪽으로 가져갔다. 거의 다 완성된 기록이었지만, 처음부터 다시 검토할 필요가 있었다. 어둠 속에서 어렵게 글씨를 분간하느라 점점 더 허리는 굽혀지고

✝ 이상한 발소리 ✝

머리는 종이에 닿을 듯 아래로 내려갔다. 그렇게 이십 분쯤 흘렀을까, 그는 갑자기 소스라치게 놀라며 고개를 들었다. 그 이상한 발걸음 소리가 다시 한 번 들려왔기 때문이다.

이번의 발걸음은 이전의 것들과 또 다른 점이 있었다. 그 미지의 남자는 아까는 번개같이 신속한 동작으로 가볍게 지나가긴 했어도, 걷고 있는 게 분명했다. 그러나 이번에는 확실히 달리고 있었다. 기민하게 도망치거나 먹이를 쫓아 달리는 표범처럼, 복도 바닥을 부드럽게 울리며 달리고 있었다. 누군지는 알 수 없지만 그는 분명 아주 강하고 활동적인 남자이며, 지금 극도의 흥분 상태에 빠져 있는 것 같았다. 그러나, 속삭이는 회오리바람처럼 사무실 언저리까지 휘몰아치던 그 소리는 갑자기 이전처럼 느리고 무겁게 땅을 울리며 걷는 소리로 바뀌었다.

브라운 신부는 완성된 서류를 내려놓은 다음, 사무실로 통하는 문이 잠긴 것을 기억하고 즉시 반대편의 외투보관실로 갔다. 이 장소의 종업원은 일시적으로 자리를 비우고 없었다. 얼마 되지 않는 손님들이 전원 만찬에 참석하고 있는 만큼, 사무실에 찾아올 손님이 없어서인 것 같았다. 외투보관실의 어두운 잿빛 코트 숲을 손으로 더듬으며 나오자, 불 켜진 복도 쪽에 접한 카운터 공간이 나타났다. 그곳은 아래쪽만 문으로 가로막혀 있고 위쪽은 트인 형태로, 사람들이 우산이나 외투를 넘겨주고 번호표를 받는 대부분의 물품보관소의 카운터들과 같았다. 이 카운터의 아치형 장식 바로 위에 램프가 달려 있었다. 그것이 브라운 신부의 머리 위로 약간의 빛을 드리우긴 했지만, 대체로 등 뒤의 창으로부터 비쳐 들어오는 희미한 석양빛을 받아 그는 단순히 검은 물체로만 보였다. 이와는 대조적으로, 램프 불빛은 외투보관실 앞 복도에 서 있던 남자를 무대의 조명처럼 환하게 비추고 있었다.

그는 매우 평범한 파티복을 입은 우아한 남자였다. 키는 컸지만, 날씬한 몸에 비해 옷이 다소 헐렁한 것 같은 느낌이었다. 키가 작고 뚱뚱한 남자들이라면 대번 눈에 띌 뿐만 아니라 남에게 피해를 주지 않고는 지나갈 수 없는 좁은 장소에서도, 그는 그림자처럼 미끄럽게 피해 갈 것 같은 인상을 주었다. 이제 램프 불빛을 받아 환하게 드러난 그의 얼굴은 거무스름하고 생기가 넘쳤다. 훌륭한 몸매에 성격도 원만해 보였으며, 온몸에서 자신감이 풍겼다. 트집 잡기 좋아하는 사람이라면, 다만 그의 검은 코트가 그의 몸매와 태도에 그다지 어울리지 않는다는 점을 지적했을 것이다. 심지어 그 코트는 기묘한 방식으로 늘어지고 튀어나와 보였다. 석양을 등진 브라운 신부의 검은 실루엣을 알아챈 그는, 작은 번호표를 건네면서 상냥하지만 권위적인 태도로 말했다.

"내 모자와 코트를 찾아 주겠나? 난 지금 당장 가봐야 해서."

브라운 신부는 아무 말 없이 번호표를 받아서는, 순순히 코트를 찾으러 갔다. 이렇게 하인 노릇을 하는 것이 처음 있는 일도 아니었다. 그는 코트를 가져와서 카운터에 올려놓았다. 그동안 자신의 양복 조끼 주머니를 더듬고 있던 신사가 기묘하게 웃으면서 말했다.

“내가 은화가 전혀 없어서 말인데, 그냥 이걸 받아 두게나.” 신사는 반 파운드짜리 금화를 던져 주고는 코트를 집어 들었다.

브라운 신부의 얼굴은 여전히 꽤 어두웠고 아무 말이 없었다. 하지만 사실 그 순간 그는 몹시 당황했다. 언제나 그랬듯이, 당혹감에 사로잡히자 머리가 더욱 활발히 움직였다. 이런 순간들마다, 그의 머리는 작은 단서 한두 개만으로 전체 사건을 직관해 내는 놀라운 기계처럼 움직였다. 비록 상식에 매달리는 가톨릭 교회는 종종 이러한 영적인 능력을 인정하지 않으려 했지만 말이다. 사실 브라운 신부 스스로도 가끔은 그 능력을 인정하지 않았다. 그러나 그것은 진정한 영감이었고, 위기에 빠졌을 때 중요한 작용을 해서 사람들을 구하기도 했다.

“손님, 제 생각에는……” 브라운 신부가 정중한 태도로 말을 꺼냈다. “입고 계신 코트 주머니에 은이 좀 들어 있을 것 같습니다만.”

그러자 키 큰 신사가 갑자기 신부를 노려봤다. “그냥 금을 받아 두라니까!” 그의 목소리에 날이 서 있었다. “내가 금을 주겠다는데 고마워하지는 않을망정, 불평을 하는 이유가 뭔가?”

"왜냐하면 은이 때로는 금보다 더 비싸니까요." 신부가 차분한 목소리로 대답했다. "그것도, 특히 엄청난 양일 때는 더 그렇죠."

당황한 신사가 수상하다는 눈으로 신부를 쳐다보았다. 그는 더욱 경계심을 드러내며 말없이 호텔 현관으로 향하는 통로를 돌아보았다. 그러고는 다시 브라운 신부를 돌아보더니, 신부의 등 뒤에 있는 창문을 주의 깊게 살펴보았다. 창밖의 하늘은 여전히 폭풍우를 예고하는 구름들로 잔뜩 찌푸려 있었다. 마침내 뭔가 결심을 한 것 같았다. 그는 한쪽 손을 카운터에 얹더니 곧바로 곡예사처럼 몸을 날려 보관소 안으로 뛰어들었다. 신부보다 월등히 키가 큰 그는 신부를 내려다보며 한 손으로 신부의 멱살을 움켜쥐었다.

"조용히 해." 그는 최대한 낮고 잔인한 목소리로 말했다. "자네를 협박할 생각은 없어, 하지만……."

"나 역시 당신을 협박하고 싶진 않소." 브라운 신부가 쩌렁쩌렁 울리는 목소리로 말했다. "다만, 지옥의 구더기들과 꺼지지 않는 불길이 얼마나 무서운지를 알려 주고 싶을 뿐."

"자네 제정신이 아니로군." 신사가 말했다.

"난 신부요, 플랑보 씨." 브라운 신부가 되받아쳤다. "그리고 나는 당신의 참회를 들을 준비가 되어 있어요."

기묘한 발걸음의 주인공은 몇 분간 헐떡이며 서 있더니, 머리를 감싸고 비틀거리며 의자에 주저앉았다.

　열두 명의 진정한 어부들을 위해 마련된 정찬의 첫 번째와 두 번째 코스는 차분한 분위기 속에 성공적으로 진행되었다. 나는 그 메뉴의 사본을 가지고 있지 않지만, 혹시 내가 그걸 가져와서 보여 준다 하더라도 다른 사람에게는 아무 의미도 없을 것이다. 메뉴판은 일종의 최고급 프랑스어로 적혀 있었는데, 일급 요리사들만이 아는 용어여서 보통의 프랑스인들조차 이해할 수 없는 것들이 대부분이었다. 그 클럽은 과하다 싶을 정도로 전채 요리를 다양하게 구색을 갖춰 준비하는 전통이 있었다. 전체 정찬이나 전체 클럽과 마찬가지로, 이런 전통들은 누가 봐도 별 쓸모없는 허례허식인 게 분명했지만, 그러면 그럴수록 이 클럽에서는 더욱 소중하게 받아들여졌다. 이 중에서 수프 코스를 가볍고 소박하게 마련하는 것도 이들의 전통 중 하나였는데, 다음에 나올 생선 요리의 향연을 위해 일시적으로 배를 비우는 과정이랄 수 있었다.

　그들은 대영 제국 전체에 비밀스럽게 유행하는 괴상하고도 시시한 정치 이야기들을 나누었는데, 보통의 영국인이 그 말을 엿들을 수 있다 하더라도, 그 뜻을 이해하기는 힘든 종류였다. 양당 의원들의 이름들이 지루할 정도로 자세하게, 그것도 기독교식 이름으로 거론되었다. 보수적인 토리당원들이었다면, 직권 남용으로 부당한 이득을 챙기고 있다고 비난을 했을 만한 인물인 급진파 재무부 장관이 여기서는 시를 잘 쓴다거나, 사냥터에서 타던 말의 안장이 멋졌다는 식으로 찬사를 받았다. 토리당의 지도자는, 모든 자유주의자들이었다면 독재자라고 미워했을 만한데도, 이 자리에서는 만장일치로 훌륭한 자유주의자라 일컬어지며 찬사를 받았다. 정치인들에 관한 이야기가 대화의 주요 메뉴이긴 했지만, 정작 그들의 정치 활동을 제외한 나머지 것들만 중시하는 것 같았다.

클럽 회장인 오들리는 붙임성 있는 초로의 신사로, 여전히 구식의 뻣뻣하고 높은 깃이 달린 옷을 입고 있었다. 그는 이제 퇴물처럼 보이지만 여전히 세력을 발휘하는, 기성세대의 사회를 대변하는 존재였다. 이 클럽에서 그는 거의 아무 일도 하지 않았다. 그러나 그 덕분에 특별히 잘못된 행동을 하는 법도 없었다. 그는 믿음직스럽지도 않고, 특별히 부유하지도 않았다. 그는 단지 유행을 잘 탔고, 한때의 유행은 언젠가 끝나기 마련이라는 것을 알고 있었다. 어떤 당도 그를 무시할 수 없었다. 그가 만약 의회에 머물기를 바랐다면 그는 틀림없이 그곳에서 자리를 얻을 수 있었을 것이다. 부회장인 체스터 공작은 젊고 촉망 받는 신흥 정치인이었다. 한마디로 말해서 그는 유쾌한 젊은이로, 평범하지만 아름다운 머릿결에 주근깨가 박힌 얼굴, 적당한 지성과 막대한 재산을 소유한 인물이었다. 공적인 자리에서 그는 언제나 환영받았고, 사람을 사귀는 기준이 복잡하지 않았다. 그는 농담을 할 때마다 사람들을 유쾌하게 만들었고, 총명하다는 칭찬을 받았다. 농담거리가 생각나지 않을 때면, 그는 지금이 시시한 농담이나 하고 있을 때가 아니라고 말함으로써 더욱 유능하다는 소리를 들었다. 사적인 자리, 특히 그와 같은 계층의 사람들만 있는 클럽에서라면, 그는 유쾌할 정도로 솔직담백했고, 적당히 어린 푼수데기처럼 굴었다. 정치 경험이 없는 오들리는 그들을 약간 더 정중하게 대했다. 가끔씩 그는 자유당과 보수당 사이에 어떤 차이가 있다고 말하여 무리를 당황시키기도 했다. 오들리 본인은 보수당원이었고, 심지어 사생활도 보수적이기 짝이 없었다. 그는 옛날 정치가들처럼 둥글둥글하게 퍼머를 한 회색 머리를 옷깃 뒤로 늘어뜨리고 다녀서, 뒤에서 보면 대영제국이 원하는 진정한 신사처럼 보였다. 앞에서 보면 남들과 동떨어진 곳에 사는, 온화하고, 자아도취적인 독신남처럼 보였는데, 사실상 그는 그런 인물이었다.

앞에서 언급했던 것처럼 테라스의 식탁에는 스물네 개의 의자들이 놓여 있었고, 식탁에 앉은 클럽 회원은 오직 열두 명뿐이었다. 따라서 그들은 가장 호화스러운 방식으로 테라스를 독점할 수 있었다. 즉, 열두 명 모두 식탁의 안쪽에 놓인 의자들에 나란히 앉고 맞은편 자리는 모조리 비워 두었으므로, 멋진 정원의 풍경과 선명한 저녁놀을 방해받지 않고 즐길 수 있었다. 비록 이 계절에는 저녁 이내가 다소 음산하게 깔리긴 했지만 말이다. 회장인 오들리가 열의 중앙에 앉아 있었고, 부회장이 회장의 오른쪽 맨 끝자리에 앉았다. 왜 그런 관습이 생겼는지는 알 수 없지만, 열두 명의 손님들이 일단 그들의 자리에 앉고 나면, 왕을 향해 사열이라도 하듯이 열두 명의 종업원들이 뒤편 벽을 따라 한 줄로 늘어서는 것이 이곳의 관습이었다. 그러고 나면 뚱뚱한 호텔 경영자가 식탁 앞으로 걸어 나와서 열렬한 기쁨을 표하며 클럽 전원에게 인사를 하는 것이다. 마치 이 신사들을 생전 처음 보기라도 하듯이. 그러나 첫 번째 나이프와 포크가 소리를 낼 무렵이면 이 호위 병사들은 이미 자취를 감춘 후였고, 오로지 한두 명만이 남아 죽음 같은 고요 속에서 신속하게 음식 접시를 나르며 시중을 들었다. 부산스럽게 온갖 예의를 다 차리던 호텔 경영자 레버 역시 오래전에 사라져 버렸다. 그가 다시 이 자리에 나타난다면 그건 결코 바람직하지 않을 뿐만 아니라, 사실은 무례한 행동에 해당되었다. 그러나 가장 중요한 코스인 생선 요리가 나오기 시작할 때면, 선명한 그림자 하나가 근처를 어른거렸고, 그가 근처에서 배회하고 있다는 것을 말해 주었다. 그 성스러운 생선 요리는, 일반 서민들이 보았다면 기괴하기 짝이 없다고 생각했을 것이다. 이 요리는 일종의 푸딩이었는데, 크기와 모양 면에서 웨딩 케이크와 거의 비슷했다. 그 푸딩 속에 꽤 많은 수의 물고기들이 원래의 모양새를 잃고 녹아들어 있었다. 열두 명의 진정한 어부들은 그들의 유명한 생선 나이프와 포크 들을 손에 들고는, 푸딩

† 이상한 발소리 †

한 점을 마치 같은 무게의 값비싼 은제 포크처럼 여기며 엄숙하게 먹기 시작하는 것이다. 이것이 내가 아는 전부이다. 이 코스가 진행되는 동안에는 식탐과 모든 것을 삼켜 버릴 듯한 강렬한 침묵만이 공간을 가득 채웠다. 젊은 공작이 의례적인 말을 꺼내는 것은 오로지 그의 접시가 거의 비어 갈 무렵이었다.

"이곳이 아니고서는 어디에서도 이런 요리를 만들어 낼 수 없어요."

"암, 절대 불가능하죠." 젊은 공작에게로 고개를 돌린 오들리는 그 고상한 스타일의 머리를 여러 번이나 끄덕이면서 깊은 베이스 톤의 음성으로 대답했다. "확신컨대, 여기가 아니면 그 어디에서도 만들 수 없는 요리죠. 한번은 앵글라이즈 식당에서 식사를 한 적이 있는데……"

여기서 종업원이 그의 접시를 치우는 바람에 하던 말을 중단해야 했다. 그는 무슨 말을 하고 있었는지 까먹고 잠시 헤맸지만, 간신히 생각의 실마리를 붙잡았다. "똑같은 음식을 앵글라이즈 식당에서 먹어 보았는데, 여기만큼 훌륭하진 못했지요." 그는 고개를 세차게 저으며 사형선고를 내리는 판사라도 된 듯이 단호하게 말했다. "비교할 수도 없고말고요."

"과대평가된 곳이죠." 과묵한 파운드 대령이 몇 달 만에 처음으로 한마디 거들었다.

"오, 난 잘 모르겠어요." 낙천적인 체스터 공작이 끼어들었다. "거기도 어떤 음식들은 꽤 맛있었거든요. 그 한 가지로만 판단할 수는……."

바로 그때 종업원 한 명이 방 안으로 재빨리 들어와서, 숨소리도 내지 않고 서 있었다. 그는 걸음을 멈출 때도 걸을 때만큼이나 거의 소리가 나지 않았다. 하지만 그곳에 있던 모든 친절한 신사들은 그들의 생활을 둘러싸고 지탱하던, 보이지 않는 기계처럼 움직이던 하인들의 매끄러운 행동에 너무나 익숙한 나머지, 이처럼 예상치 못한 행동을 하는 종업원을 보자 심기가 불편했다. 사실상 그것은 심각한 반란이라고 할 수 있었다. 그것은 생명이 없는 사물들이 갑자기 움직이거나, 예를 들어 의자가 사람들을 피해 도망을 치는 것만큼이나 놀라운 일이었다.

그 종업원은 몇 초간 신사들을 빤히 쳐다보고 있었는데, 그러는 사이 식탁에 앉은 모든 신사들의 얼굴에는 깊은 모욕감이 드러났다. 이는 전적으로 우리 시대의 산물이었다. 즉, 그것은 부자와 가난뱅이 사이의 무시무시한 간극과 새로운 시대의 박애주의가 결합된 것이었다. 진정한 정통 귀족이라면 그 종업원에게 뭐라도 집어던졌을 것이다. 처음엔 빈병부터 던지다가 마지막엔 돈이라도 집어던질 수 있었다. 진정한 민주주의자라면 동지애를 드러내며 분명한 어조로 그에게 물었을 것이다. 지금 도대체 무슨 짓을 하고 있는 거냐고. 그러나 이곳에 모인 신식 금권주의 정치가들은 가난한 사람이 한 명이라도 자기들 근처에 있는 것을 참지 못했다. 그들이 노예건 친구건 간에. 그 하인들이 뭔가 잘못된 행동을 하고 있다는 것만으로도 그들은 불쾌하고 당혹스러웠다. 그들은 잔인한 모습을 보이기 싫어하는 한편, 자비를 베풀 만한 일이 생기는 것도 꺼려했다. 그들은 그게 무슨 일이든지 간에, 이 일이 어서 빨리 끝나기만을 원했다. 그 상황은 곧 끝이 났다. 몇 초간 강직증 환자처럼 뻣뻣하게 서 있던 종업원이 다시 몸을 돌려 미친 듯이 그 방 밖으로 달려 나갔던 것이다.

아까의 종업원이 다시 그 방 입구에 나타났을 때, 이번에는 또 다른 종업원과 함께였다. 그는 남쪽 나라 사람 특유의 맹렬한 몸짓을 섞어 가며 동료에게 뭔가를 속삭이더니, 두 번째 종업원을 그 자리에 남기고 어디론가 가버렸다가, 다시 세 번째 종업원을 데리고 나타났다. 이 다급한 회의에 네 번째 종업원이 동참했을 무렵, 센스 있는 오들리는 불편한 침묵을 깨야 할 필요성을 감지했다. 그는 의장의 망치를 두드리는 대신 아주 크게 헛기침을 하고는 말을 꺼냈다.

"무처라는 젊은이가 버마에서 훌륭한 일을 하고 있더군요. 지금은, 세계 어떤 나라에서도……."

바로 그때 다섯 번째 종업원이 화살처럼 재빠른 동작으로 오들리에게 다가와서는, 그의 귀에 대고 속삭였다. "정말 죄송합니다만. 중요한 일입니다! 호텔 운영자께서 당신들에게 직접 말씀을 드려도 될까요?"

회장은 혼란스러워하며 뒤를 돌아보고는, 놀라서 입을 딱 벌렸다. 경영자 레버가 특유의 육중한 걸음걸이로 급히 그들에게 다가오고 있었기 때문이다. 쿵쿵 바닥을 울리는 레버의 걸음걸이는 사실 평소와 똑같았지만, 그의 안색은 그렇지 않았다. 보통 그의 얼굴은 기분 좋은 구릿빛을 띠고 있었지만, 이번에는 환자처럼 누렇게 떠보였다.

“부디 저를 용서해 주십시오, 오들리 씨.” 레버가 천식 환자처럼 헐떡이며 말했다. “엄청난 사건이 터졌어요. 당신들의 생선 요리용 접시들이, 나이프와 포크들과 함께 모두 깨끗하게 치워졌습니다!”

“그건 당연한 일 아닌가.” 회장이 마음이 놓인 듯 부드러운 목소리로 말했다.

“회장님은 그 남자를 보셨습니까?” 흥분한 호텔 경영자가 숨을 헐떡거리며 물었다. “그 접시들을 치운 종업원을 보셨냐구요? 회장님이 아는 사람이었나요?”

“그 종업원과 내가 아는 사이냐고?” 오들리가 화가 나서 소리쳤다. “그럴 리가 있겠나!”

레버는 고통이 가득한 몸짓으로 두 손을 저으며 말했다. “저도 그 종업원을 보낸 적이 없습니다. 저도 그가 언제, 혹은 왜 왔는지 모릅니다. 저는 오로지 제가 고용한 종업원에게 그 접시들을 치우도록 시켰는데, 그가 도착했을 때는 이미 접시들이 다 치워지고 없었답니다."

오들리는 너무나 당황한 나머지 대영제국이 원하던 그 점잖은 신사의 모습을 더 이상 유지할 수 없었고, 다른 회원들도 아무런 말을 할 수 없었다. 오로지 목석같이 앉아 있던 파운드 대령만이 이 부자연스러운 상황을 보고 활력을 찾은 모양이었다. 다른 모든 사람들이 다 앉아 있는 가운데, 대령 혼자서만 단호하게 의자에서 일어섰다. 안경부터 눈에 맞게 고쳐 쓴 다음, 말하는 법을 반쯤 잊어버린 사람처럼 낮고 거친 목소리로 말했다.

"자네 말은 그러니까, 누군가가 우리의 은제 생선 요리용 도구들을 훔쳐 갔다는 건가?"

호텔 경영자는 더욱 과장되게 무기력한 몸짓으로 양 손바닥을 펼쳐 보였다. 그러자 다른 모든 회원들이 놀라서 벌떡 일어났다.

"당신 종업원들이 지금 모두 이곳에 있소?" 이번에도 대령이 낮고 거친 어조로 물었다.

"그럼요. 그들은 모두 여기 있어요. 제가 직접 확인한걸요." 젊은 공작이 소년같이 천진한 얼굴을 들이밀며 외쳤다. "저는 이곳에 들어올 때 항상 그들의 수를 세어 봐요. 그들이 벽을 등지고 서 있는 모습이 너무나 특이하거든요."

"하지만 사람의 기억이란 정확하지 않게 마련이지." 오들리가 심각하게 망설이는 기색을 드러냈다.

"저는 분명히 기억해요. 틀림없어요." 그러자 공작이 흥분하여 외쳤다. "이 장소에 열다섯 명 이상의 종업원이 있었던 적은 없어요. 오늘밤에도 열다섯 명밖에 없었고요. 맹세해요. 그 이상도 이하도 아니었다니까요."

그러자 레버가 공작에게로 몸을 돌렸는데, 기절초풍할 듯이 놀라서 온몸을 부들부들 떨고 있었다. "당신은 정말, 정말로 당신이 본 종업원들이……." 레버는 말까지 더듬고 있었다. "전부 열다섯 명이었다는 건가요?"

"평소와 똑같았다니까요." 공작은 확신했다. "도대체 그게 어쨌다는 거죠?"

"아무것도 아닙니다만." 레버가 더 심각한 어조로 대답했다. "사실상 그런 일은 불가능하니까요. 종업원들 중 한 명이 죽어서 지금 위층에 누워 있거든요."

방 안은 일순 충격과 정적에 휩싸였다. 죽음이라는 말은 워낙 초자연적인 것이기에, 그 게으른 회원들은 너무나 두려운 나머지 몇 초 동안 간이 콩알만큼 쪼그라들었다. 젊은 공작이 부자의 친절을 발휘한답시고 생각해 낸 말이라곤, "우리가 뭐 도와드릴 일은 없나요?"였다.

"감사합니다만, 그는 죽기 직전에 신부님을 만났답니다." 유대인 경영자는 감명받은 투로 대답했다.

바로 그때, 운명의 종이 뗑그렁 뗑그렁 울리는 소리를 듣기라도 한 듯, 그들은 다시 공포에 사로잡혔다. 그 기이한 순간, 그 열다섯 번째 종업원이 위층에 시체로 누워 있는 사람의 유령인 것처럼 느껴졌기 때문이다. 그들은 극심한 압박감에 벙어리처럼 말이 없었다. 유령이라는 존재는 그들에게 거지들 이상으로 당혹스러운 존재였기 때문이다. 그러나 은제 포크와 나이프 들이 사라졌다는 사실을 기억해 내자 그 신비로운 마법은 힘을 잃었다. 그들은 다시 분노에 사로잡혀 맹렬하게 폭발했다. 대령이 의자에서 벌떡 일어나더니 문을 향해 성큼성큼 걸어갔다. "여러분, 만약 여기에 열다섯 번째 종업원이 있었다면," 그가 말을 꺼냈다. "그는 틀림없이 도둑이었을 거요. 즉시 내려가서 그놈이 도망치지 못하도록 앞문과 뒷문들을 모두 안전하게 지켜요. 그런 다음 다시 대책 방안을 의논하도록 하지요. 우리 클럽의 진주 스물네 알은 반드시 되찾아야만 하는 소중한 보물이니까요."

오들리는 처음에는 어떻게 해야 할지 몰라 망설이는 것처럼 보였다. 모든 것에 대해 이처럼 서두르는 것이 과연 신사다운 행동인지 아닌지 확신이 없었던 것이다. 그러나 공작이 젊은이답게 앞뒤 재지 않고 계단을 달려 내려가는 것을 보고서, 좀 더 점잖은 동작으로 그를 따라 내려갔다.

그와 동시에 여섯 번째 종업원이 방으로 달려오더니, 주방 찬장에서 생선 요리용 접시들을 발견했다고 말했다. 그러나 은제 포크와 나이프는 어디에도 없었다고.

허둥지둥 아래층 복도로 달려가던 손님 무리들과 종업원들은 크게 두 그룹으로 나뉘었다. 대부분의 '진정한 어부' 회원들은 출구로 빠져나간 사람이 없었는지 물어보기 위해 호텔 경영자를 따라 프런트 데스크로 몰려갔고, 파운드 대령을 선두로 회장과 부회장, 다른 한두 명의 사람들은 하인들의 대기실로 이어진 복도를 따라 달려갔다. 그쪽 복도가 도망치기에는 더 적절한 장소로 보였기 때문이다. 그들은 어두운 골방 옆 복도를 지나 외투보관소 앞까지 오게 되었고, 거기에서 종업원처럼 보이는 검은 코트의 작달막한 남자를 발견했다. 그는 외투보관소의 램프 불빛이 닿지 않는 어두운 벽 쪽으로 약간 물러서 있었다.

"여보게!" 젊은 공작이 소리쳤다. "누가 여기 지나가는 것 못 봤나?"

키 작은 인물은 그 질문에 곧바로 답하는 대신 이렇게만 말했다. "아마도, 당신들이 찾고 있는 물건이 내게 있긴 할 겁니다, 귀족 나으리들."

사람들이 어리둥절해 주위를 살피는 동안, 신부는 조용히 외투보관소 뒤편으로 사라졌다. 다시 나타났을 때, 그는 양손에 반짝이는 은제 도구들을 가득 들고 있었다. 그는 물건들을 장사꾼마냥 조용히 카운터 위에 펼쳐 놓았다. 그들은 분명히 물고기 모양을 한, 열두 벌의 은제 포크와 나이프 들이었다.

"그렇다면 자네가…… 자네가……." 대령이 마침내 평정심을 잃고 말을 꺼냈다. 그러나 그는 어둑어둑한 작은 방을 뚫어질 듯 살펴본 후 두 가지 중요한 사실을 간파했다. 첫째는, 검은 옷을 입은 남자가 성직자의 복장을 하고 있다는 점이었고, 두 번째는 그 남자 뒤편의 창문이 마치 누군가가 거칠게 그곳을 빠져나간 듯이 깨져 있다는 것이었다. "외투보관소에 맡겨 두기에는 너무 귀중한 물건들이군요, 그렇지 않나요?" 성직자가 명랑하지만 침착한 어조로 말했다.

"당신이…… 당신이 이 물건들을 훔쳤다는 거요?" 오들리가 신부를 쳐다보며 말을 더듬었다.

"제가 훔쳤다고 칩시다." 신부가 유쾌하게 말했다. "그래도 저는 보물들을 이렇게 돌려주고 있잖아요."

"당신이 훔친 건 아니군요." 파운드 대령이 여전히 깨진 창문을 골똘히 쳐다보며 말했다.

"사실대로 말하자면, 저는 아닙니다." 신부가 유머러스하게 말하고는, 등받이 없는 의자에 꽤 엄숙하게 앉았다.

"하지만 당신은 누가 그랬는지 알고 있겠군." 대령이 말했다. 그는 깨진 창문을 보고 나름의 판단을 내린 모양이었다.

"저도 그 사람의 진짜 이름은 모릅니다." 신부가 침착하게 말했다. "하지만 그가 싸울 때의 완력과 그의 정신적인 고통들에 관해서는 상당히 많은 것을 알고 있습니다. 그가 제 목을 조를 때 그의 육체적인 힘을 가늠할 수 있었고, 그가 지은 죄를 회개

할 때 그의 양심을 재어 볼 수 있었지요."

"아니 지금…… 회개라고 하셨나요!" 젊은 체스터 공작이 기가 차다는 듯이 외쳤다.

브라운 신부는 뒷짐을 지고서 자리에서 일어나며 말했다. "정말 이상한 일 아닙니까? 그렇게 많은 부유하고, 먹고살 걱정이라곤 없는 사람들이 냉혹하고 천박한 삶을 유지하면서도 하느님이나 타인들에게 아무것도 돌려주지 않는 마당에, 도둑과 부랑자들만 죄를 뉘우쳐야 한다는 사실이 말입니다. 하지만 지금은, 대단히 죄송합니다만, 당신이 제 영역을 약간 침범하고 있군요. 만약 당신이 그 도둑의 회개가 정말 일어난 사실인지를 의심한다면, 여기 나이프와 포크 들이 그 증거입니다. 당신들은 열두 명의 진정한 어부들이라지만, 고작해야 여기 은으로 된 물고기 모양의 기구들을 낚았을 뿐이죠. 하지만 하느님 덕분에 저는 진짜 사람을 낚는 어부가 될 수 있었지요."

"당신은 그 남자를 잡았나요?" 대령이 눈살을 찌푸리며 물었다.

"그럼요." 브라운 신부는 대령의 찌푸린 얼굴을 정면으로 바라보며 대답했다. "보이지 않는 낚싯바늘과 낚싯줄로 그를 붙잡았지요. 그에게 세상 끝까지 방황하며 돌아다닐 자유를 허용할 수도 있지만, 언제든지 다시 확 하니 잡아당길 수도 있는 길고 긴 낚싯줄이죠."

✝ 이상한 발소리 ✝

신부의 말을 이해한 건지 못한 건지, 아무도 말이 없었다. 기나긴 침묵이 이어졌다. 그러는 사이 그곳에 있던 다른 모든 사람들이 동료들에게 되찾은 은제 식기도구를 전달하러 가거나, 호텔 운영자에게 그 이상한 사건을 알리러 갔다. 그러나 진지한 얼굴의 파운드 대령은 여전히 카운터 옆쪽에 걸터앉아, 길고 날렵한 다리를 흔들면서 자신의 검은 턱수염을 잘근잘근 씹어 댔다.

마침내 그가 신부에게 조용히 말을 걸었다. "그가 영리한 친구였던 건 틀림없어요, 하지만 내 생각엔 그보다 더 영리한 사람을 내가 알고 있는 것 같소."

"그는 영리한 친구였죠." 신부가 대답했다. "하지만 당신이 뒤에 한 말은 잘 이해가 가지 않는군요."

"당신을 말하는 거요." 대령이 짧게 웃으며 말했다. "난 그 친구가 감옥에 갇히는 건 원하지 않아요. 그 점에 대해서는 안심해도 좋아요. 하지만 당신이 어떻게 이 사건에 연루되었는지, 그리고 당신이 어떻게 그에게서 이 물건들을 돌려받았는지를 알 수만 있다면 난 더 많은 은제 포크를 내주더라도 아깝지 않을 것이오. 나는 여기 모인 사람들 중에서 당신이 가장 많은 것을 알고 있는 사람이라고 생각해요."

브라운 신부는 그 군인의 무뚝뚝하지만 솔직한 성품이 마음에 들었는지 미소를 지으며 말했다. "글쎄요, 나는 그 남자의 신분이나 그의 개인사에 대해서는 당연히 아무것도 말할 수 없어요. 하지만 내가 혼자 힘으로 알아낸 외부적인 사실들에 대해서는 당신에게 말하지 못할 이유가 없어요."

그는 별안간 카운터 위로 뛰어오르더니 파운드 대령 옆에 나란히 앉았다. 어린 소년의 다리처럼 짧은 다리로 카운터의 문을 툭툭 차면서. 그는 크리스마스에 벽난로 옆에서 오래된 친구에게 이야기를 건네듯이 편안하게 이야기를 시작했다.

"서류를 꾸미는 동안 저는 저기 보이는 작은 방에 갇혀 있었지요. 그때 저승사자가 춤을 추고 있나 싶을 정도로 기이한 발소리가 복도에서 들려왔어요. 처음에는 재빠르고, 우스꽝스러울 정도로 보폭이 작은 것이, 마치 돈이라도 걸고 발끝으로 걷기 시합을 하는 사람 같았지요. 그런 다음에는 훨씬 느리고, 되는 대로 땅을 울리며 걷는 걸음이었는데, 마치 거대한 체구의 남자가 시가를 물고 걷는 듯한 걸음걸이였죠. 그러나 맹세컨대, 그 두 발걸음은 분명 한 사람의 발걸음 소리였어요. 중요한 건 이 두 가지 상반된 걸음걸이가 번갈아 가며 반복되었다는 점이죠. 처음에는 그냥 이상하다고만 생각했죠. 도대체 무슨 이유로 이 남자가 이 두 가지 걸음을 반복하는 걸까 하고. 한 가지 걸음은 내가 알기로는, 그건 당신들의 걸음 소리와 비슷했죠. 그건 단지 무엇인가를 기다리고 있는, 부족할 것 없이 잘 먹고 잘사는 신사 분들의 걸음걸이였죠. 정신적으로 조급한 상태여서라기보다는 육체적인 긴장을 풀기 위해 이리저리 거닐고 있는 듯한 걸음 소리랄까. 내 생각엔, 두 번째 발걸음 역시 내게 익숙한 발걸음이었죠. 하지만, 난 그게 정확히 누구의 발걸음이었는지를 기억해 낼 수가 없었어요. 내가 지금껏 여행 중에 만났던 야생 동물들 중 어떤 동물이 저렇게 특이한 방식으로 발끝으로 걸었던가? 그때 나는 어디선가 접시들이 쨍그렁거리며 부딪치는 소리를 들었고, 그 순간 명확한 해답이 떠올랐죠. 그것은 바로 종업원들의 걸음걸이였어요. 몸을 비스듬히 앞으로 기울이고 시선을 아래로 향한 채, 소리 나지 않게 사뿐사뿐 땅을 밟으며 코트 끝자락과 냅킨을 휘날리면서 걸어가는 거죠. 그런 다음 몇 분간 더 추리를 진행해 본 결과, 내가 범죄의 방식을 파악했다고 확신하게 된 거죠. 내가 직접 범죄를 저지르기라도 한 것처럼 명확하게 말입니다."

파운드 대령은 날카로운 눈초리로 그를 쳐다보고 있었지만, 골똘한 생각에 잠긴 신부는 온화한 회색 눈으로 멍하니 천정만 바라보고 있었다.

"범죄란 건, 다른 예술 행위와 다를 바 없죠." 신부가 천천히 말을 이었다. "이 말에 그렇게 놀라실 필요는 없어요. 범죄만이 지옥과 같이 고통스러운 작업실에서 나오는 예술 작품은 아니니까요. 하지만 모든 예술 작품에는, 그것이 신성한 것이든 악마적인 것이든, 한 가지 필수적인 표식이 새겨져 있지요. 무슨 말인가 하면, 그것의 핵심은 단순하기 이를 데 없다는 거죠. 그 완성된 모습이 아무리 복잡하다 하더라도 말이죠. 예를 들자면《햄

릿》에서, 무덤 파는 사람의 괴상망측함이나, 미친 소녀의 꽃들, 오즈릭이 입고 나온 환상적으로 아름다운 옷이라든가, 창백한 얼굴의 유령과 해골의 미소들은 검은 옷을 입은 한 평범한 남자의 비극적인 모습을 돋보이게 하기 위한 효과 장치들에 불과하다는 거죠. 이들이 한데 어우러져 그의 주변을 둘러싼 분위기가 얼마나 불길하고 기괴한가를 보여 주려는 거죠. 그러니까, 이번 사건 또한……."

신부는 미소를 지으며 천천히 카운터에서 내려왔다. 그는 대령이 잘 이해가 가지 않는 얼굴로 쳐다보는 것을 보며 이야기를 계속했다. "이 사건 역시 검은 옷을 입은 한 남자의 평범한 비극에 관한 것이라 할 수 있어요. 사실 그래요. 이 사건은 결국 검은 코트와 연관이 있어요. 여기에서도 햄릿에서와 마찬가지로, 로코코식의 거추장스러운 장식물들, 즉 별 비중이 없는 조연들이 있어요. 말하자면 당신 같은 신사 분들 말입니다. 또 다른 조연으로는 죽은 종업원이 있어요. 그는 무대에 직접 나타나지 않지만 위층에 있는 것만으로 공포감을 조성해요. 당신들의 식탁에서 은제 포크와 나이프 들을 깨끗이 치우고는 공기 중으로 증발해 버린 보이지 않는 손도 있지요. 하지만 그 어떤 영리한 범죄도 궁극적으로 매우 단순한 한 가지 사실에서 꼬리가 잡히기 마련이지요. 그 자체로는 전혀 신비롭지 않은 어떤 사실 말입니다. 신비화는 그 단순한 사실을 은폐하기 때문에, 사람들이 그것을 그냥 간과하게 만들어요. 이 대범하고 미묘한 범죄는, 바로 신사들의 이브닝드레스가 종업원들의 복장과 똑같다는 평범한 사실에서 시작되었어요. 나머지 모든 것들은 그의 연기 덕분에 가능했지요. 그는 엄청나게 훌륭한 연기자였어요."

"하지만." 신부를 따라 카운터에서 내려온 대령은 잔뜩 찡그린 눈으로 자신의 발을 내려다보았다. "난 당신의 말을 이해하기 어렵소."

"대령님." 신부가 말했다. "당신들의 포크를 훔친 이 뻔뻔한 대천사는 모든 램프 불빛이 환하게 비치는 곳에서, 모든 사람들이 지켜보는 가운데 이 복도를 스무 번 이상이나 오르내렸지요. 그는 의심을 받을 만한 어두운 구석에는 들어간 적도 숨은 적도 없었어요. 그는 불이 켜진 복도에서 끊임없이 움직였고, 그가 가는 곳 어디에서나 그는 마땅히 그 자리에 있어야 할 사람처럼 보였어요. 그의 생김새가 어땠는지는 묻지 마세요. 당신은 오늘 밤 이미 그를 예닐곱 번 이상 보았을 테니까요. 당신은 다른 모든 멋쟁이들과 함께 저기 복도 끝에 있는 베란다 바로 아래의 응접실에서 기다리고 있었으니까요. 그는 당신들이 있는 곳으로 갈 때마다, 고개를 숙인 채 냅킨을 펄럭이며 나는 듯이 가벼운 걸음으로 다가가 종업원처럼 행세했을 겁니다. 그는 베란다로 재빨리 나아가서 테이블보를 정돈하고는, 쏜살같이 사무실과 종업원 대기실로 달려왔습니다. 사무실 직원과 종업원들의 시선 아래로 들어왔을 무렵, 그는 전체적인 태도에서부터 모든 세부 동작까지 빈틈없이 전혀 다른 사람으로 둔갑했지요. 그는 이곳의 고객들 모두가 보여 주는 오만방자하고 무관심한 태도로 하인들 사이를 어슬렁거렸지요. 그들에게 있어서 만찬의 자리를 벗어난 멋쟁이 신사가 동물원 안의 동물처럼 집 안 곳곳을 돌아다니는 건 전혀 새로운 일이 아니었을 테니까요. 자기가 선택하는 곳이면 어디나 마음대로 드나들 수 있는 특권이야말로 최상류층임을 드러내는 일이니까요. 그는 저 특정한 복도를 걸어 내려가는 일이 피곤해지면 방향을 바꾸어 다시 사무실 앞으로 지나갔지요. 그러고는 카운터의 아치형 장식이 드리운 그림자 속에서 일순 마법을 부리듯 모습을 바꾸어서는, 순종적인 하인의 신분으로 열두 명의 어부들이 있는 곳으로 부리나케 되돌아갔지요. 식사 하느라 바쁜 그 고귀하신 신사 분들이 종업원들의 얼굴을 자세히 들여다볼 여유가 어디 있겠어요? 바쁘게 일해야 하는 종업원들이 홀을 걸어 다니는 상류층 신사를 의심할 이유가 어딨겠어요? 한두 번쯤 그는 가장 난이도가 높은 속임수를 연기하기도 했지요. 호텔 운영자의 사무실에 가서 목이 마르다며, 쾌활한 목소리로 소다수를 달라고 외치는 거죠. 소다수를 받으면, 그는 상냥하게 자기가 손수 들고 가겠다고 말하고는 그렇게 했지요. 그는 그것을 재빨리 가져가서는 정확히 당신들이 모여 있는 곳을 통과해서는, 분명히 심부름을 수행하는 종업원 행세를 했지요. 물론, 그건 그리 오래 지속될 수는 없었어요. 오로지 생선 요리 코스가 끝날 때까지만 가능했으니까요.

그가 식은땀을 흘렸을 만한 최악의 순간은 종업원들이 벽을 따라 한 줄로 서 있을 때였을걸요. 심지어 그런 때에도 그는 용케 벽이 둥글게 돌아가는 가장자리 쪽에 기대서서는, 그 중요한 순간에 종업원들이 자신을 신사로 생각하도록 만들고, 반면 신사들은 그를 종업원으로 생각하도록 행동했던 거죠. 그것에 비하면 나머지는 모두 식은 죽 먹기였죠. 만약 다른 종업원이 식탁 멀리에서 그를 보았더라면, 그를 다른 사람과 잘 어울리지 못하는 내성적인 귀족쯤으로 생각했을 겁니다. 그는 생선 요리 코스가 치워지기 전에 딱 이 분 동안 민첩한 하인으로 돌변하여, 식기들을 직접 치웠던 겁니다. 그는 그 접시들을 찬장에 올려 두고는, 은제 포크와 나이프 들을 따로 빼내 연미복의 안주머니에 가득 채워 넣었어요. 그래서 앞주머니가 불룩해 보이는 채로 외투 보관소까지 토끼처럼 내달렸던 거지요. 그 소리를 제가 들은 거죠. 그곳에서 그는 다시 재벌 정치가로 돌아왔어요. 갑작스러운 업무 때문에 자리를 떠야 하는 정치가로 말입니다. 그는 외투보관소의 종업원에게 자신의 번호표를 주고는, 처음 그곳에 올 때처럼 우아한 동작으로 다시 그 방을 나가려고 했던 거지요. 다만…… 다만 제가 우연히 외투보관소의 직원 노릇을 하고 있지만 않았다면 말이지요."

"당신은 그에게 어떻게 말을 한 거요?" 대령이 평소와 달리 강한 관심을 드러내며 물었다. "그는 당신에게 뭐라고 하던가요?"

"죄송합니다." 신부가 결연한 자세로 말했다. 그 이상은 말씀 드릴 수 없습니다."

"아마 거기서부터 본격적으로 더 재미있는 이야기가 시작되었겠지요." 파운드 대령이 투덜거렸다. "이제야 그의 전문가적인 수법을 이해하겠소. 하지만 당신이 어떻게 그를 잡았는지는 도저히 모르겠소."

"저는 이제 가봐야 합니다." 브라운 신부가 서류를 챙기며 말했다.

그들은 현관으로 향하는 복도를 함께 걷다가, 체스터 공작의 젊고 주근깨 가득한 얼굴과 마주쳤다. 그가 그들을 향해 힘차게 달려오고 있었다. "빨리 오세요, 파운드 대령님." 그가 숨가쁘게 외쳤다. "이제껏 대령님을 찾아다녔어요. 만찬은 다시 예전처럼 진행되고 있어요. 그리고 오들리 회장님께서 포크들을 되찾은 것을 기념하여 연설을 하고 계세요. 이번 사건을 기념할 만한 뭔가 새로운 의식을 만들어야죠. 제 말은, 대령님도 그 물건들을 되찾으셨는데, 뭐 제안하실 만한 거 없으신지요?"

"뭐가 있을까……." 대령은 어딘가 냉소적인 표정을 지으며 대답했다. "내 생각엔, 이제부터 우리가 검은 연미복 대신에 녹색 연미복을 입었으면 하네만. 지금처럼 종업원이 신사들과 똑같은 옷을 입었다가는, 또 무슨 실수가 일어날지 아무도 모르는 일이니까."

"오, 그게 무슨 말씀이세요! 신사가 종업원처럼 보이다니 말도 안 돼요." 젊은 공작이 코웃음을 쳤다.

"종업원이 신사처럼 보이는 일도 절대 없겠지." 파운드 대령이 공작과 마찬가지로 쓴웃음을 지으며 말했다. "존경하는 신부님, 당신의 친구 분은 신사의 연기를 해도 손색이 없을 정도로 매우 영리했던 게 틀림없소이다."

브라운 신부는 낡고 볼품없는 외투의 단추를 목까지 잠갔다. 그날 밤 바깥에는 폭풍이 불어닥치고 있었기 때문이다. 그는 우산꽂이에서 마찬가지로 허름한 우산을 집어 들며 말했다.

"맞아요. 신사가 되는 건 정말 힘든 일이 틀림없어요. 하지만, 그거 아세요? 종업원이 되는 것도 그만큼이나 힘든 일이라는 거. 저는 종종 그런 생각이 든답니다."

신부는 마지막으로 간단히 인사를 건네고, 이 쾌락이 가득한 궁전의 무거운 문을 열어젖혔다. 등 뒤로 육중한 황금색 문이 닫히자, 그는 1페니짜리 합승마차를 타기 위해 축축하고 어두운 거리를 활기차게 걸어갔다.

이스라엘 가우의 명예

올리브와 은빛이 섞여 든 저녁 하늘은 폭풍이 가까이 다가왔음을 예고하고 있었다. 회색 스코틀랜드식 체크무늬 외투로 몸을 감싼 브라운 신부는 스카치 계곡의 끝에 이르러, 기묘한 외형을 한 글렌가일 성을 올려다보았다. 성은 계곡의 끝자락에 막다른 길처럼 서 있어서, 마치 세상의 끝에 위태롭게 내몰린 듯했다. 프랑스와 스코틀랜드 양식이 혼합된 가파른 지붕들과 초록바다 빛 점판암을 붙인 첨탑들은 요정 이야기에 종종 등장하는 뾰족 모자를 쓴 불길한 마녀를 떠올리게 했다. 그에 비해, 초록빛 탑을 달래듯 성을 둥글게 에워싼 소나무들은 수많은 갈가마귀 떼가 내려앉은 것처럼 음산하기 짝이 없었다. 이제 시작될 악몽처럼 으스스하고 몽롱한 이야기는 그곳의 풍경 때문에 떠올린 단순한 공상만은 아니다. 바로 그 자리에 자존심과 광기와 모호한 슬픔의 분위기를 지닌 한 사람이 잠들어 있었기 때문이다. 그런 기질은 특히 스코틀랜드의 귀족 집안들에 보다 깊이 서려 있었다. 그들의 피에는 조상 대대로 전해 내려오는 두 가지 독약이 흐르고 있었으니, 한 가지는 귀족들의 혈통주의였고, 또 하나는 칼뱅주의자들 특유의 비관주의였다.

브라운 신부는 글래스고에서 업무를 처리하던 중 친구 플랑보를 만나기 위해 단 하루 틈을 내었다. 플랑보는 아마추어 탐정으로, 고故 글렌가일 백작의 삶과 죽음을 정식으로 조사하러 나온 공식 관리와 함께 글렌가일 성에 머무르고 있었다. 신비의 베일에 싸인 글렌가일 백작은, 16세기에 악명을 떨치던 귀족들 가운데에서도 용맹과 광기와 폭력적인 술수로 더욱 위세를 떨치던 오길비 가문의 마지막 후계자였다. 그 악덕은 거짓과 음모, 복잡한 야망으로 가득 찬 스코틀랜드의 메리 여왕❖ 시대에는 매우 흔한 것이었다.

그 지역에 전해 오는 오래된 시구에 그들이 지녔던 음모의 동

❖ 태어난 지 엿새 만에 스코틀랜드의 여왕이 된 인물. 일평생 그녀를 통해 권력을 얻으려는 인척, 외척 세력들에 시달리다가 잉글랜드의 엘리자베스 여왕 암살 음모를 꾸민 혐의로 44세에 처형당한다.

기와 결과가 적나라하게 드러나 있다.

　　봄의 나무에는 연둣빛 수액이 흐르고
　　오길비 가문에는 황금의 피가 흐른다네

　몇 세기 동안 글렌가일 성에는 의젓한 성주라곤 나지 않았다. 그들의 기행이 얼마나 유명했으면, 평화로운 빅토리아 시대에 이르러서는 더 이상 보여 줄 기행도 남아 있지 않다고 여겨질 정도였다. 그러나 마지막 후손인 글렌가일 백작 역시 정상적인 것과는 거리가 멀었다. 그는 자신에게 남겨진 단 한 가지 의무를 다함으로써 혈족의 전통을 완성했다. 즉, 종적을 감추어 버린 것이다. 그렇다고 그가 외국으로 떠났다는 말은 아니다. 만약 아직도 살아 있다면 그는 틀림없이 성 안 어딘가에 있을 것이다. 교회의 명부와 붉은색의 커다란 〈귀족 명감〉에는 분명히 그의 이름이 등록되어 있었지만, 지금까지 실제로 그를 보았다는 사람은 아무도 없었다.

　그를 유일하게 만나 본 사람이라면, 마부와 정원사의 중간쯤 되는 지위를 가진 외로운 하인뿐이었다. 그는 워낙 귀가 어두워서 실무적인 사람들은 그를 벙어리로 여겼다. 한편, 훨씬 더 통찰력 있는 사람들은 그를 정신박약 증세가 있는 얼빠진 사람이라 단정했다. 붉은 머리카락에 단단한 턱과 입, 멍해 보이는 푸른 눈을 가진 이 말라깽이 일꾼의 이름은 이스라엘 가우였다. 그는 그 황량한 성을 돌보며 혼자서 조용히 살아가고 있었다. 그러나 그가 매일 규칙적으로 밭에서 감자를 파내어 부엌으로 사라지는 걸 보면, 여전히 그 성 어딘가에 숨어 살고 있을 주인을 위해 요리를 하러 가는 것처럼 보였다. 그것을 보고 누군가가 그의 주인이 성 안에 있는 게 아니냐고 물으면, 그는 백작이 집에 없다고만 끈질기게 주장하는 것이었다.

어느 날 아침 주임 사제와 목사가 성으로 불려 갔다. 글렌가일 가문은 장로교회파였기 때문이다. 그곳에서 그들은 마부이자 요리사가 그의 수많은 직업에 장의사 역할까지 더하여, 주인을 관 속에 넣고 못질을 해둔 것을 발견했다. 이 이상한 사실이 얼마나 많은 사람들의 관심을 끌었는지, 아니면 아예 무시되었는지는 아직까지 밝혀진 바가 없었다. 이삼일 전 플랑보가 이곳에 도착하기 전까지는 이 문제가 한 번도 합법적으로 조사된 적이 없었기 때문이다. 그때까지 글렌가일 경의 시신은 언덕 위의 작은 묘지에 얼마간 묻혀 있었다. 관 속에 들어 있는 게 정말 그의 시체가 맞다면 말이다.

브라운 신부가 어둠침침한 정원을 통과해서 그늘진 성 안으로 걸어 들어왔을 무렵, 하늘은 두꺼운 구름에 덮였고 전반적인 공기는 축축하고 음울했다. 그 구름의 틈새를 뚫고 나온 황금빛 석양의 마지막 빛줄기를 배경으로, 검은 옷을 입은 남자가 걸어

가는 것이 보였다. 천장이 높은 실크햇을 머리에 썼고, 어깨에는 커다란 삽을 메고 있었다. 그 기묘한 조합은 어딘가 무덤지기를 연상시키는 데가 있었지만, 귀머거리 하인이 감자를 캔다던 이야기를 기억해 내자, 그 모든 것이 충분히 자연스럽게 여겨졌다. 신부는 스코틀랜드 농부들이 공식적인 업무를 위해서는 반드시 예의를 갖추어 '검정색 옷'을 입는 관습이 있다는 것을 알았다. 이 검소하고 부지런한 하인은 이런 옷을 차려입었다는 이유로 땅 파기를 게을리 하지는 않았던 것이다. 신부가 곁을 지나가자 깜짝 놀라며 수상한 눈초리로 그를 쳐다보았는데, 이런 행동 역시 이런 종류의 사람이 가질 만한 조심성과 질투심에 자연스럽게 어울리는 것이었다.

플랑보가 혼자서 거대한 문을 열어 주었다. 플랑보 옆에는 불그스름한 잿빛 머리칼이 인상적인 말라깽이 남자가 서류를 들고 있었다. 런던 경찰청의 크레이븐 경감이었다. 현관 홀은 대부분 칠이 벗겨지고 텅 비어 있었다. 오직 한두 점 걸려 있는 어두운 배경의 초상화 액자 속에서 검은 가발을 쓴 사악한 오길비 가문의 조상들이 조소를 머금은 창백한 얼굴로 아래를 내려다보고 있었다.

플랑보와 크레이븐 경감을 따라 내실로 들어가는 길에, 브라운 신부는 복도에 놓인 기다란 참나무 탁자를 보았다. 그 탁자의 가장자리는 위스키와 시가들, 뭔가를 갈겨쓴 종이들로 덮여 있었다. 탁자의 중앙에는 종류별로 정리된 물건들이 일정한 간격을 두고 놓여 있었는데, 도대체 무슨 물건인지 전혀 이해할 수 없는 것들이 대부분이었다. 첫 번째 것은 반짝이는 유리 파편들 같은 것이 이룬 작은 더미였다. 다른 것은 갈색 가루를 높이 쌓아 올린 것 같았다. 세 번째 것은 평범한 나무막대들처럼 보였다.

"당신은 여기에다 무슨 지질학 박물관을 만들어 둔 것 같군요." 크레이븐 경감은 갈색 가루와 수정 같은 조각들을 다시 한 번 휙 돌아보며 자리에 앉았다.

"지질학 박물관은 아니죠. 그것보다는 정신과학 박물관이라고 하는 게 더 적절하겠죠." 플랑보가 대답했다.

"오, 제발." 경감이 웃으며 말했다. "따분하게시리 그렇게 어려운 말은 쓰지 맙시다."

"정신과학이 무슨 뜻인지 알고 계신가요?" 플랑보가 정색을 하며 차분하게 물었다. "일종의 심리학인데, 한마디로 정신이 이상한 사람을 연구하는 거죠."

"무슨 말씀이신지 모르겠군요." 경감이 대답했다.

"자, 한번 생각해 봅시다. 제 말은, 우리가 글렌가일 경에 대해 단 한 가지 비밀을 알아냈다는 거죠. 즉, 그는 어느 정도 정신병자였다는 거죠." 플랑보가 단정적으로 말했다.

그때 높다란 모자를 쓰고 어깨에 삽을 멘 가우의 모습이 창가를 스쳤다. 바깥이 꽤 캄캄해진 후여서 그의 존재는 유령처럼 희미하게만 보였다. 브라운 신부는 무심히 그 모습을 내다보며 대답했다.

"나도 그 사람에게 틀림없이 뭔가 이상한 점이 있었다는 건 이해가 가네. 그렇지 않았다면 살아 있을 때 이미 죽은 사람처럼 그렇게 성에 갇혀 지내지도 않았을 테고, 죽자마자 이렇게 황급히 묻힐 생각도 하지 않았겠지. 그런데 자네는 어떤 이유로 그가 미치광이였다고 생각하는 건가?"

"글쎄요." 플랑보가 대답했다. "신부님도 크레이븐 경감님이 집 안에서 찾아낸 것들이 어떤 물건들인지 한번 들어 보세요."

"양초가 있어야 할 것 같아요." 크레이븐 경감이 불쑥 끼어들었다. "폭풍이 올라오고 있어서인지, 글씨를 읽기엔 실내가 너무 어둡군요."

"당신이 찾아낸 괴상한 수집품 목록 중에 양초는 없던가요?" 브라운 신부가 미소 지으며 물었다.

플랑보가 검은 눈동자에 심각한 빛을 가득 담아 말했다.

"그것도 수상하긴 마찬가지예요. 양초가 스물다섯 개나 있는데, 촛대는 한 개도 발견할 수 없었거든요."

바람이 점점 더 거세지면서 실내도 급격히 어두워졌다. 브라운 신부는 탁자 위에 전시되어 있는 증거품들 가운데에서 한 무더기의 양초 다발이 놓여 있는 곳으로 갔다. 그러다 그는 갑자기 적갈색 가루 더미 위로 몸을 굽혔다. 그와 동시에 날카로운 재채기 소리가 침묵을 갈랐다.

"오! 코담배잖아!"

그는 초 하나를 집어 들어서 조심스럽게 불을 붙인 후, 위스키 병목에 끼워 고정시켰다. 음습한 밤바람이 허술한 창문을 뚫고 들어와, 초의 불꽃을 깃발처럼 흔들어 댔다. 게다가, 성을 빽빽이 둘러싼 두꺼운 소나무 숲이 바람에 이리저리 흔들리며 마치 암초에 부딪히는 흑해의 파도처럼 울부짖었다.

"제가 그 목록을 읽어 보지요." 크레이븐 경감이 서류 하나를 집어 들면서 엄숙하게 말했다. "우리가 성 안에서 찾아낸 불가사의한 증거품 목록입니다. 그들은 하나같이 산만하게 분해되어 있었지요. 이곳의 방들은 대부분 가구도 갖추어져 있지 않고, 특별히 사람이 관리한 흔적도 없는 것이 몇 년째 그냥 방치되어 있었던 것 같습니다. 그러나 예외적으로 한두 개의 방들에는 분명히 누군가가 살았던 흔적이 있습니다. 단순하긴 하지만 누추하지도 않게, 어느 정도 갖출 건 갖추고 살았던 것 같습니다. 하인 가우가 아닌 다른 어떤 사람이 말이죠. 증거품 목록은 다음과 같아요.

첫 번째 품목: 상당량의 보석들. 거의 다 다이아몬드이고, 하나같이 전혀 세팅되어 있지 않은 채 보석만 분리되어 있었음. 부유한 오길비 가문의 가족들이 대대로 보석을 소유했던 건 당연한 것으로 짐작됩니다. 하지만 이 보석들은 거의 다 어떤 특정

장신구에 박혀 있던 보석들이었던 것 같아요. 오길비 가문의 사람들은 장신구에서 보석을 떼내어 동전처럼 호주머니에 넣고 다녔을지도 모르죠.

두 번째 품목: 동물의 뿔이나 주머니에 넣어두지 않고 가루째 여기저기 쌓여 있는 코담배. 벽난로 위, 선반 위, 피아노 위 혹은 다른 곳에서 발견되었음. 이곳에 살았던 그 늙은 귀족은 담배를 피우기 위해 주머니 속을 들여다보거나 담뱃갑의 뚜껑을 여는 것조차 귀찮아했던 것 같아요.

세 번째 품목: 집 주변에 여기저기 쌓여 있는 작은 금속 조각들. 어떤 것들은 강철 스프링들 같고, 어떤 것들은 초소형의 바퀴 모양이었음. 이것들은 한때 어떤 장난감 기계의 부속품이 아니었나 싶어요.

네번째 품목: 양초들. 이들을 밑에서 고정하거나 세워 줄 받침대가 없으므로 병목에다 끼워서 써야 해요.

이제 이 모든 증거품들을 통해 볼 때 이 사건이 우리가 예상했던 것보다 얼마나 더 기이한 것인지를 간파하셨을 겁니다. 이 사건의 핵심을 이루는 수수께끼에 대해서는 어느 정도 실마리를 잡았다고 봐야겠지요. 우리 모두 한 번만 훑어보고도 그 마지막 백작에게 뭔가 이상한 점이 있었다는 것을 알아차렸으니까요. 우리는 그가 여기에 정말로 살았는지, 정말로 여기서 죽은 건 맞는지, 주인을 매장한 저 붉은 머리 허수아비가 그의 죽음과 뭔가 관련이 있는지를 밝히기 위해 여기에 왔습니다. 그러나 이 모든 가능성 중에서 최악의 경우를 한번 상상해 보세요. 당신들이 생각할 수 있는 시나리오 중에서 가장 무시무시하고 신파적인 해결책을 말입니다. 사실은 그 하인이 주인을 살해했다거나, 주인이 진짜로 죽은 게 아니라거나, 혹은 주인이 하인으로 분장을 했다거나, 그 하인이 주인을 위해 대신 묻혔다거나 하는 식으로 말입니다. 문제는 우리가 좋아하는 추리소설류의 비극을 고안해 본다 하더라도 여전히 촛대 없는 초나, 부유한 가문의 노신사가 습관적으로 피아노 위에다 코담배를 부어 둔 이유 같은 것은 해명할 수가 없다는 점이지요. 이야기의 핵심은 어떻게든 상상할 수 있어요. 하지만 정말 알 수 없는 것은 바로 그 주변에 있는 것들이죠. 아무리 상상력이 뛰어난 사람이라 하더라도, 코담배와 다이아몬드, 초와 분해된 시계 태엽장치를 한꺼번에 연결시킬 수는 없을 것 같아요."

"제 생각엔 그걸 이런 식으로 연결해 볼 수 있을 것 같군요." 브라운 신부가 말했다. "이 마지막 글렌가일 백작이 프랑스 혁명에 광적으로 반대했다고 가정해 봅시다. 그는 혁명 전의 구체제를 신봉했으므로, 마지막 부르봉 왕조 시대의 삶을 전적으로 재현하려고 노력하고 있었어요. 그가 코담배를 피운 것은 그것이 18세기식의 사치였기 때문이죠. 양초로 방을 밝히는 것도 마찬가지였고. 강철로 된 기계 장치들은 루이 16세의 자물쇠 제조공

취미를 대변하는 거죠. 다이아몬드들은 마리 앙투아네트식 다이아몬드 목걸이를 만들 때 쓰던 거겠죠."

다른 두 남자들은 휘둥그레진 눈으로 신부를 바라보았다. "정말 완벽하리만치 훌륭한 추리인데요! 신부님은 그게 사실이라고 생각하세요?" 플랑보가 외쳤다.

"절대로 그렇진 않아." 브라운 신부가 대답했다. "단지 경감님이 코담배와 다이아몬드, 시계부속품과 양초들을 연결시킬 수 있는 사람은 없을 거라고 말하니까, 한번 시도해 본 것뿐이야. 아무렇게나 즉석에서 연결시켜 본 것이지. 진정한 사실은 이렇게 얄팍하진 않을 거야. 분명히 훨씬 더 심오한 것이겠지."

그는 잠시 말을 멈추더니 작은 탑 속을 휘감아 도는 바람의 소리에 귀 기울였다. 꼭 누군가 울부짖는 소리 같았다. 신부가 다시 입을 열었다. "고 글렌가일 백작은 도둑이었어요. 그는 이중생활을 했었고, 비밀스러운 두 번째 삶은 남의 집을 터는 탐욕스러운 강도로서의 삶이었죠. 그에게는 당연히 촛대가 필요 없었어요. 밤에 들고 다니던 소형 랜턴에 맞게 초를 짧게 잘라서 썼을 테니까요. 코담배 가루는 프랑스의 극악무도한 범죄자들이 사용하던 후춧가루를 흉내 내기 위해서였죠. 혹시라도 사람들에게 붙잡힐 위기에 처하면, 따라오는 무리나 경찰의 얼굴에 뿌리고 달아나기 위해서. 그러나 마지막 물증은 그 다이아몬드들과 소형 철제 바퀴들이 수상하게도 잘 들어맞는다는 점이지요. 여기서 모든 의혹이 풀리는 것 같지 않습니까? 다이아몬드와 소형 철제 부속품들은 유리 절단기를 만들 수 있는 유일한 두 가지 도구이니까요."

때마침 돌풍에 부러져 날려 온 소나무 가지 하나가 그들 뒤편의 유리창을 둔중하게 후려쳤다. 마치 강도의 침입을 흉내라도 내는 듯이. 그러나 그들은 돌아보지 않았다. 그들의 눈은 오로지 브라운 신부에게 고정되어 있었다.

"다이아몬드와 작은 바퀴들이라……." 크레이븐 경감이 깊은 생각에 잠겨 되뇌었다. "그 두 가지가 정말 그런 용도로 쓰였다고 생각하세요?"

"사실 그렇지는 않아요." 신부가 침착하게 대답했다. "다만 그 네 가지를 연결할 사람은 없을 거라고 경감님이 말씀하셨으니까요. 물론 진실을 밝혀 줄 이야기는 이것보다 훨씬 더 재미없는 어떤 것이겠죠. 글렌가일 백작은 자신의 영지에서 보석의 원석을 발견했거나, 아니면 발견했다고 생각했어요. 어떤 사기꾼이 그 세팅되지 않은 보석들을 가지고 와서, 그것들을 영지의 동굴에서 발견했다고 말했겠지요. 그 작은 바퀴들은 일종의 다이아몬드 절단용 도구였습니다. 다이아몬드 채취에 흥미가 동한 백작은 이 언덕에 사는 양치기들이나 거친 남자들의 도움을 받아가며 소규모로 그 일을 시도했던 거죠. 코담배는 이곳 스코틀랜드의 양치기들에게는 대단한 사치품이었던 만큼, 그들에게 동기를 부여할 수 있는 좋은 수단이 되었고요. 그들에게 촛대가 없었던 것은 그들에게 촛대가 전혀 필요하지 않았기 때문이죠. 그들은 동굴을 탐험할 때 그냥 직접 손으로 양초를 들고 다녔을 테니까요."

"그게 답니까? 결국 우리는 그런 따분한 진실에 도달하려고 여기까지 온 건가요?" 플랑보는 실망한 듯이 한동안 말이 없었다.

"오, 아니지." 브라운 신부가 말했다.

바람이 잦아들자 멀리 소나무 숲에서 무엇인가를 비웃는 듯 부엉이 울음소리가 길게 이어졌다. 브라운 신부는 차분히 가라앉은 목소리로 말을 이었다.

"난 이번에도 그냥 자네가, 코담배와 시계 부속품, 아니면 양초와 보석을 그럴듯하게 연결시킬 수 있는 사람은 없을 거라고 하니까 한번 연결시켜 생각해 본 거야. 가짜 이론으로도 우주를 그럴듯하게 설명하는 경우는 얼마든지 있지. 글렌가일 성에 들어맞을 거짓 추론들을 열 개도 넘게 만들어 낼 수 있듯이. 하지만 우리가 원하는 건 글렌가일 성과 우주에 합당한, 진짜로 진실한 설명이지. 그러니까 하는 말인데, 그것들 말고 다른 증거물들은 없었나?"

크레이븐 경감이 웃음을 터뜨렸고, 플랑보도 미소 지으며 기다란 탁자가 놓인 곳으로 걸어갔다.

　"제5품목, 6품목, 7품목, 기타 등등…… 증거는 많아요." 플랑보가 말했다. "틀림없이 생활에 유익한 형태라기보다는 약간 이상하게 변형이 된 것들입니다. 연필은 어디 가고 연필심만 남아 있다든가, 무의미하게시리 끝 부분이 쪼개진 대나무 막대기라든가. 이게 범죄의 도구일지는 모르겠습니다만. 문제는, 이것으로 저질렀을 만한 범죄가 아무것도 없다는 거죠. 다른 물건들이라고는 낡은 미사 경본 몇 권과 소형 가톨릭 성화들로, 추측컨대 오길비 가문이 중세 때부터 간직해 온 소장품들 같습니다. 가문에 대한 그들의 자부심은 청교도의 신념보다 더 강했으니까요. 이것들도 군데군데 수상하게 잘려 있거나 손상되어 있어서 일단 증거 자료 품목 테이블에 올려 두었지요."

　브라운 신부가 경본을 집어 들고 그림이 들어간 채색 페이지를 자세히 보려고 했을 때, 갑자기 폭풍우가 시커먼 먹구름들을 글렌가일 성지로 몰아오면서 기다란 방이 캄캄한 어둠에 잠겼다. 그 어둠이 지나가기 직전에 신부가 청년처럼 상기된 목소리로 말했다.

　"크레이븐 경감님, 합법적인 영장을 가지고 계시지요?" 신부는 마치 열 살이나 더 젊어진 것처럼 들떠서 말했다. "지금 당장 올라가서 무덤을 살펴봐도 아무 문제가 없겠죠? 우리가 그 일을 빨리 해치우면 해치울수록, 결과도 좋을 테고, 이 끔찍한 사건의 진상에 쉽게 다다를걸요. 제가 경감님이라면 당장 시작하겠어요."

"지금 말입니까? 왜 하필 지금이죠?" 놀란 경감이 반문했다.

"이건 아주 중대한 사건이니까요. 코담배가 여기저기 널려 있고 세팅되지 않은 보석들이 굴러다니는 게 제각각 다른 이유 때문은 아닐 겁니다. 내가 알기로는 이 모든 일이 일어난 이유는 오직 한 가지입니다. 그리고 그 이유는 세상의 근원까지 맞닿아 있어요. 이 성화들이 아이들이나 프로테스탄트들의 편협한 신앙 때문에 더럽혀지거나 찢어진 건 아닙니다. 이것들은 매우 조심스럽게 다루어졌습니다. 그것도 아주 기묘한 방법으로요. 이 경본에 담긴 오래된 채색화에는 신의 이름이 멋지게 장식되어 있었을 텐데, 그 부분만 정교하게 잘려 나가 있어요. 신의 이름 말고 유일하게 잘려 나간 부분은 아기 예수의 머리를 둘러싼 후광입니다. 그러니까 영장과 삽, 손도끼를 들고 올라가서 관을 열어 보자고요."

"예수의 이름이 잘려 나갔는데 왜 관을 열어 봐야 한다는 거죠?" 런던 경찰청의 경감이 물었다.

"그러니까 제 말은……." 키 작은 신부는 사나운 바람의 포효 때문에 약간 소리를 높여 대답했다. "이 순간에 우주의 거대한 악마가 이 성의 탑 꼭대기에 앉아 있는 건지도 모른다는 거죠. 코끼리 수백 마리를 합친 것만큼이나 큰 덩치로, 〈요한계시록〉에 등장하는 악마처럼 무시무시하게 울부짖고 있을지도 모르죠. 이 사건의 바닥에는 어딘가 사악한 마법 같은 점이 있어요."

"마법이라⋯⋯." 플랑보가 낮은 목소리로 되뇌었다. 그는 이 방면에 대해서는 너무나 환한 사람이었다. "하지만 그렇다면 여기 있는 나머지 물건들은 다 무엇일까요?"

"내 추측으로는 뭔가 저주물인 것 같은데⋯⋯." 브라운 신부가 다급하게 대답했다. "내가 어떻게 알겠나? 이 물건들의 배후에 놓인 비밀들을 내가 어떻게 전부 다 짐작할 수 있겠나? 아마도 자네라면 코담배와 대나무을 고문 도구로 쓸 수도 있겠지. 성 도착자들이라면 양초와 강철 더미를 보고 정욕을 느낄지도 모르고. 어쩌면 연필로 만들어진 마약 같은 게 있었을지도 모르지! 이 미스터리를 풀 수 있는 가장 빠른 길은 바로 저 언덕 위에 있는 무덤에 있어!"

두 남자는 정신없이 브라운 신부가 이끄는 데로 따라 나갔다. 그들은 차가운 밤바람이 얼굴을 후려칠 때에서야 자신들이 정원에 나와 있다는 것을 깨달았다. 그럼에도 불구하고 그들은 브라운 신부가 시키는 대로 자동인형처럼 따랐다. 크레이븐 경감은 자기도 모르는 새 손에 도끼를 들고, 영장을 주머니에 넣고 있었다. 플랑보는 그 이상한 정원사의 무거운 삽을 어느새 어깨에 둘러메고 있었다. 브라운 신부는 신의 이름이 잘려 나간 작은 미사 경본을 손에 들고 있었다.

언덕 위 교회 묘지로 가는 길은 구불구불하긴 해도 그리 길지는 않았다. 단지 바람이 너무 강하게 부는 탓에 그 길이 더 험하고 길어 보였던 것이다. 언덕길을 오르면 오를수록, 눈에 보이는 것이라곤 끝없는 바다처럼 펼쳐져 있는 소나무 숲뿐이었다. 모진 바람에 휩쓸려 나무들은 모두 한 방향으로 기울어져 있었다. 나무들의 절대적인 몸짓은 광대한 만큼이나 무의미해 보였고, 인적도 없고 목적도 없이 떠도는 행성에 소리 내어 부는 바람만큼이나 공허해 보였다. 저 잿빛의 소나무 숲을 무한히 키워 냄으로써, 숲은 모든 이교도적인 것들의 중심에 깃든 고대의 슬픔을 높고 날카로운 소리로 노래 부르고 있었다. 두께를 잴 수 없는 잎사귀 층 아래에서 들리는 소리는, 지하세계의 망자들과 방황하는 이방 신들의 울부짖음을 떠올리게 했다. 저 무분별한 숲에서 길을 잃고 배회하느라, 결국 천국으로 돌아가는 길을 찾아낼 수 없었던 그런 신들 말이다.

"당신도 알듯이, 스코틀랜드가 존재하기 이전의 스코틀랜드 민족들은 아주 이상한 사람들이었죠." 브라운 신부가 낮고 차분한 어조로 말했다. "사실, 그들은 아직도 여전히 특이하긴 해요. 하지만 선사시대에는 정말로 악마를 숭배했을 거라고 생각해요." 그는 친절하게 덧붙였다. "그것이야말로 그들이 청교도 신학으로 뛰어든 이유이지요."

"그렇다면, 저 코담배들은 다 뭐란 말입니까?" 플랑보는 다소 신경질적으로 코담배를 돌아보며 말했다.

"이보게나, 모든 순수 종교가 지닌 한 가지 특징이 있지." 브라운 신부가 똑같이 심각한 어조로 말했다. "바로 물질주의야. 그런데, 악마 숭배는 전적으로 순수 종교거든."

그들은 나무가 없고 풀만 무성하게 우거진 언덕 꼭대기에 다다랐다. 바람이 충돌하고 포효하는 소나무 숲 속에 가끔씩 솟아 있는 몇 개 안 되는 민둥한 언덕 중 하나였다. 목재와 철사를 섞어서 엮은 초라한 울타리가 폭풍우 속에서 덜거덕거리고 있었다. 묘지에 가까이 다가갈 때까지 크레이븐 경감과 플랑보는 그 울타리만큼이나 온몸을 떨고 있었다. 마침내 크레이븐 경감이 먼저 무덤의 모퉁이에 도착하자, 뒤따라온 플랑보가 삽을 무덤에 박고 그 위에 몸을 기댔다. 무덤의 발치에 서 있는 거대한 엉경퀴들은 은회색빛으로 시들어 가고 있었다. 한두 번씩, 시든 엉경퀴의 둥글게 말라붙은 꽃 머리가 바람에 꺾여 크레이븐 경감 곁을 스쳐 날아갔고, 그럴 때마다 경감은 화살이라도 피하려는 듯 재빨리 몸을 숙였다.

플랑보는 바람에 흔들리며 소리 내는 풀 더미를 가르고 젖은 진흙땅에 삽날을 꽂았다. 그러다 그는 곧 행동을 멈추고 삽을 지팡이 삼아 몸을 기댔다.

"계속하지." 신부가 온화한 목소리로 달래듯 속삭였다. "우리는 다만 진실을 찾아내려는 것뿐이야. 뭐가 그렇게 두려운가?"

"그 진실을 찾기가 두려워서요." 플랑보가 대답했다.

런던 경감이 두려움을 떨쳐 버릴 의도로 높고 의기양양한 목소리로 말했다. "나는 그가 왜 그런 방식으로 세상을 등지고 숨어 살아야 했는지가 궁금해요. 뭔가 좋지 않은 문제가 있었겠지요. 그는 문둥병 환자였을까요?"

"그것보다 더 나쁜 게 있었을 것 같아요." 플랑보가 거들었다.

"문둥병보다 더 나쁜 거라니, 도대체 뭘 상상하는 거죠?" 경감이 물었다.

"그게 뭔지 상상하고 싶진 않아요." 플랑보가 말했다.

그는 공포에 질린 채 몇 분간 입을 다물고 땅만 파더니, 마침내 숨넘어가는 목소리로 말했다. "난 그의 시신이 제대로 된 모양새가 아닐까 봐 겁나요."

"저 종잇조각들도 그러긴 마찬가지였지." 브라운 신부가 조용히 입을 열었다. "하지만 우리는 그 불완전한 종이쪽을 보고도 무사하지 않았나."

플랑보는 닥치는 대로 땅을 파 내려갔다. 이미 폭풍우는 언덕 위를 자욱한 연기처럼 덮고 있던 무거운 잿빛 구름들을 몰아냈고, 다시 드러난 밤하늘에는 희미하게 별이 반짝였다. 그제야 조잡한 목재 관이 모양을 드러냈다. 플랑보가 관을 풀밭 위로 끌어올리자, 크레이븐 경감이 도끼를 들고서 앞으로 다가왔다. 그러나 엉겅퀴의 말라붙은 꽃이 몸에 닿는 순간, 움찔하며 뒤로 물러났다. 그게 엉겅퀴였다는 것을 확인하자 그는 결연한 자세로 성큼성큼 걸어와, 플랑보 못지않은 힘으로 관 뚜껑이 부서질 때까지 힘껏 도끼를 내리찍고 비틀었다. 마침내, 관 속에 들어 있던 모든 것이 별빛 아래 희미하게 모습을 드러냈다.

"뼈다……." 크레이븐 경감이 말했다. 그리고 한마디 덧붙였다. "그런데 남자의 뼈야……." 마치 전혀 예상치 못한 것이 들어있기라도 한 듯이.

"그래요?" 플랑보는 심상찮게 기복이 심한 목소리로 물었다. "그는 멀쩡한가요?"

"그런 것 같아요……." 경감은 알아볼 수 없게 썩어 문드러진 해골 위로 몸을 굽히며 쉰 목소리로 대답했다. "조금만 더 살펴보고요."

플랑보의 거대한 몸집이 공포로 점점 크게 부풀어 오르더니, 미친 듯이 말을 내뱉었다.

"이제 생각해 보니, 광기에 사로잡힌 인물이었다는 이유로 그의 시체가 온전하지 않을 거라고 생각한 게 제 불찰인 것 같아요. 이토록 저주받은 차가운 산 위에서 그 남자는 무엇에 홀려 있었던 걸까요? 나는 그게 악마적이고 어리석은 이미지들의 중첩이 아니었을까 싶어요. 이 모든 으스스한 숲들의 이미지라든가, 그것이 불러일으키는 원시적인 공포 같은 것 말입니다. 미치지 않고는 좋아할 수 없는 이미지들이죠. 그건 마치 무신론자의 악몽과도 같아요. 소나무 숲을 지나면 더 울창한 소나무 숲이 나

오고, 거길 나가도 백만 그루가 넘는 소나무에 둘러싸이는
꿈……."

"아니 이럴 수가!" 관 속을 살펴보던 경감이 소리쳤다. "시체
에 머리가 없어요!"

두 사람은 그 자리에 돌처럼 멈춰 섰고, 신부도 처음으로 소
스라치게 놀라는 모습을 보였다.

"머리가 없다고요!" 신부가 되받아서 말했다. "정말 머리가
없어요?" 그는 마치 다른 부위의 결손을 예상했던 것처럼 말했
다.

글렌가일 가문에 태어난 머리 없는 아기, 성안에 숨어 사는
머리 없는 청년, 저 고대의 화려한 홀이나 정원을 천천히 거닐었
을 머리 없는 남자…… 이런 종류의 말도 안 되는 이미지가 그들
의 머릿속을 파노라마처럼 스치고 지나갔다. 이처럼 긴장된 순
간에도 그 이야기는 전혀 근거가 없고 아무 의미도 없는 것처럼
보였다. 그들은 탈진한 짐승들처럼 그저 멍한 얼굴로 서서 숲과
하늘에서 들려오는 시끄럽고 날카로운 소리들에 귀를 기울였다.
셋 다 이성이 마비되어 버린 듯, 생각할 능력을 상실했다.

"그러니까 이 파헤쳐진 무덤 앞에도 머리 없는 남자가 세 명
이나 서 있는 거지요." 브라운 신부가 말했다.

런던에서 온 경감이 하얗게 질린 얼굴로 뭔가 말을 하려고 입
을 열었다가, 하늘을 찢어 놓을 듯 길게 울리는 바람의 비명 소

✝ 이스라엘 가우의 명예 ✝

리에 말 한마디 못하고 얼뜨기처럼 입을 벌리고만 있었다. 그는 자기 손에 들려 있는 도끼를 낯설게 내려다보다가, 맥이 풀리는 바람에 그만 떨어뜨리고 말았다.

"신부님, 이젠 뭘 해야 하는 거죠?" 플랑보는 평소에는 거의 사용하지 않던 순진하고 무거운 음성으로 물었다.

신부의 대답은 총알이 발사되듯 갑작스럽게 튀어나왔다.

"잠이나 자야지!" 브라운 신부가 외쳤다. "잠을 자도록 해. 우리는 막다른 길에 도달했어. 자네는 잠이 무엇인지 아는가? 잠을 자는 모든 사람은 신을 믿는다는 거 아는가? 그것은 신성한 성찬 의식과도 같은 것이지. 잠을 자는 행위는 믿음의 행동이자 영혼의 양식을 보충하는 일이니까. 우리에게 필요한 건 신성한 의식이야, 그것이 자연스러운 것이기만 하다면. 지금 우리에게 닥친 상황은 보통 사람들에게는 거의 일어나지 않는 일이지. 아마도 인간에게 일어날 수 있는 최악의 것이 아닐까."

"그게 무슨 뜻이죠?" 멍하니 입을 벌리고 있던 크레이븐 경감이 비로소 정신을 차리며 말을 꺼냈다.

"우리는 진실을 찾아냈어요. 하지만 결국 그 진실은 아무런 의미가 없다는 얘기지요." 신부는 이렇게 대답한 후 고개를 돌려 성을 바라보았다.

그는 앞장서서 돌진하듯이, 대범한 걸음걸이로 언덕길을 내려갔다. 평소의 그에게서 찾아보기 힘든 모습이었다. 다시 성에 도착한 후, 그는 아무 걱정도 없는 사람처럼 단순하게 자리에 눕자마자 곧장 잠에 빠져들었다.

잠을 그토록 신비화하며 찬양하던 브라운 신부였지만, 다음 날 아침 과묵한 정원사 다음으로 빨리 일어났다. 그는 정원사가 커다란 파이프로 담배를 피우면서 가정용 채소밭에서 묵묵히 일하고 있는 것을 지켜보았다. 동이 트면서 폭풍우가 폭우로 변하다가 그쳤고, 믿을 수 없으리만치 상쾌한 아침이 찾아온 것이다. 정원사는 브라운 신부와 대화를 나누는 듯했으나, 플랑보와 클레이븐 경감이 나타나자 무뚝뚝하게 화단에 삽을 꽂으며 자신의 아침 식사에 관해 중얼거리더니, 가지런히 자라난 양배추 밭을 따라 부엌으로 들어간 후 문을 닫았다.

"그는 참 유능한 일꾼이군요." 브라운 신부가 말했다. "그가 감자를 캐는 실력은 놀라울 정도였어요." 그는 감정이 섞이지 않은 자비로운 말투로 덧붙였다. "비록 그도 결점은 있지만 말이죠. 우리도 그렇고, 세상에 결점 없는 사람이 어디 있겠어요? 그는 이쪽 둑의 감자는 그다지 규칙적으로 파지 못했군요. 이를테면 저쪽을 보세요." 그는 갑자기 그 자리를 발로 쿵쿵 구르면서 말했다. "저쪽에 있을 감자들은 정말로 의심스럽기까지 하군요."

"왜죠?" 작달막한 신부의 몸짓을 재미있어 하며 크레이븐 경감이 물었다.

"내가 의심스러워하는 이유는, 늙은 정원사 가우 역시 이 부근에서 수상쩍게 행동했기 때문이지요. 그는 바로 이 부근만 빼고는 어디든지 규칙적으로 삽을 꽂았어요. 아마도 바로 여기 기막히게 좋은 감자가 묻혀 있는 게 틀림없어요.”

플랑보는 정원사가 꽂아 두고 간 삽을 뽑아 들고는 신부가 가리킨 곳의 흙을 맹렬하게 파 내려갔다. 그는 한 무더기의 흙더미 아래에서 감자같이 보이지는 않은 어떤 것, 그러나 차라리 괴물과 닮은, 지나치게 머리가 큰 버섯 모양의 물체를 발견했다. 물체는 삽에 부딪히는 순간 둔탁한 소리를 내며 공처럼 굴러 나와서는 그들에게 엽기적인 미소를 선사했다.

“글렌가일 백작이군요.” 브라운 신부가 슬프게 말하며 해골을 진지하게 내려다보았다.

잠시 사색에 잠긴 듯 말이 없던 신부는 플랑보에게서 삽을 잡아챘다.

“이걸 다시 숨겨 둬야만 해.” 신부는 해골을 흙으로 덮어 감췄다. 삽을 다시 땅에 단단히 박아 넣고는, 그 커다란 손잡이에 작달막한 몸과 커다란 머리를 기댔다. 그의 눈은 공허해 보였고, 이마에는 주름이 잔뜩 잡혀 있었다. “이 마지막 괴상한 사건의 의미를 짐작할 수만 있다면…….” 신부는 중얼거리면서, 교회에서 간절히 기도를 올리는 사람마냥 커다란 삽의 손잡이를 양손으로 붙잡고 손등에 얼굴을 파묻었다.

여기저기에서 구름이 걷히며 푸른 하늘이 드러나고, 은빛 햇살이 구름 사이로 새어 나왔다. 새들이 작은 정원수 속에 앉아 지저귀고 있었는데, 그 소리가 어찌나 큰지 마치 그 나무들이 직접 말을 하고 있는 것처럼 보였다. 반면 세 남자는 말이 없었다.

"전 그냥 포기할래요." 마침내 플랑보가 거칠게 말했다. "내 머리로 이 세상을 이해하는 건 무리예요. 한계에 다다른 것 같아요. 코담배, 손상된 기도서들, 뮤직 박스의 부속품들, 나머지 것들은 더더욱……."

브라운 신부는 근심 어린 표정을 하고서는 참을성 없이 삽의 손잡이를 톡톡 두드렸다. 그에게는 매우 이례적인 행동이었다. "저런, 쯧쯧……" 그가 외쳤다. "저 모든 건 불을 보듯 아주 명백해. 나는 오늘 아침 눈을 떴을 때, 코담배와 시계 부속품이나 다른 것들의 의미를 이해했네. 그러고 나서 저 늙은 정원사 가우와 바깥에서 이야기를 나눴지. 그가 겉보기만큼 귀가 멀었거나 멍청하진 않다는 걸 알게 되었어. 그냥 그런 척하는 것뿐이지. 뭔가가 빠져 있던 품목들에 대해서는 잘못된 게 없었다네. 찢어진 기도서에 관해서도 내가 잘못 이해했던 거야. 그 속에는 아무런 악의도 없었으니까. 하지만 문제라면 이 마지막 것이지. 무덤을 파헤쳐 죽은 사람들의 머리를 훔치는 신성모독적인 행위 말인데…… 그 속에 분명히 악의적인 요소가 있었던가? 아직도 그 속에 사악한 주술 같은 게 있다고 보나? 그런 요소는 여기 코담배와 양초들에 얽힌 꽤나 단순한 이야기에는 잘 어울리지 않거든." 그는 다시 주변을 성큼성큼 걸어 다니면서 침울하게 담배 연기를 뿜어냈다.

"신부님, 저한테 조심스러워서 말씀하지 못하는 게 있으신가 봐요. 하지만 제가 한때 범죄자였다는 거 기억하시잖아요. 범죄자가 취할 수 있는 가장 큰 이점은 언제나 스스로 가능한 시나리오를 구상한 다음에, 자신이 선택한 속도로 그걸 실행에 옮길 수 있다는 점이죠. 여기서 탐정이랍시고 기다리는 일은 저 같은 다혈질의 프랑스인에게는 지나치다 싶어요. 평생 동안, 선한 동기에서든 나쁜 동기에서든, 저는 모든 일들을 즉석에서 해치웠어요. 다음 날 아침에 있을 결투를 미뤄 본 적이 없었죠. 저는 언제나 즉석에서 계산을 치렀고, 심지어 치과 의사를 만나는 일조차 미룬 적이 없어요……." 플랑보가 정색을 하고서 말했다.

브라운 신부가 입에 물고 있던 담배 파이프를 놓치고 말았다. 파이프는 자갈이 깔린 바닥에 떨어지면서 세 조각으로 부서졌다. 그는 바보처럼 눈을 휘둥그레 뜨고 서 있었다.

"세상에나, 난 너무 바보 같았어!" 그는 계속해서 말했다. "이럴 수가…… 어떻게 그것을 몰랐을까!" 신부는 혼잣말을 하던 끝에 온몸을 흔들며 웃기 시작했다.

"치과 의사라고 했나!" 신부가 반복해서 말했다. "바닥 모를 심연 속에서 여섯 시간을 헤매면서도, 정작 치과 의사에 대해서는 생각을 못했네! 세상에 이렇게 간단하고, 아름다우며 평화로운 생각이 있었다니! 친구 분들, 우리는 지옥에서의 하룻밤을 무사히 통과했어요. 이제 어둠이 끝나고 태양이 높이 솟아, 새들은 즐겁게 노래하고, 치과 의사가 내뿜는 광채가 온 세상을 위로하는구나."

"어서 설명해 주시지 않으면, 종교재판 때 쓰던 방법으로 신부님을 고문할지도 몰라요." 플랑보가 앞으로 성큼성큼 걸어가며 말했다.

브라운 신부는 이제 햇빛이 내리쬐는 잔디 위에서 춤이라도 추고 싶은 심정을 잠시 억누르는 듯하더니, 어린아이처럼 가련한 목소리로 외쳤다. "오, 조금만 더 바보짓 할 수 있도록 날 좀 가만히 내버려 두게나. 자네는 내가 그동안 얼마나 고통스러웠는지 몰라. 하지만 이젠 이번 일에서 중대한 죄악이라곤 아무것도 일어나지 않았다는 걸 알게 되었단 말이야. 약간의 광기라면 모를까…… 하지만 그 정도야 그냥 넘어가 줄 수 있지."

그는 한 번 더 빙그르르 돌더니, 자못 엄숙한 얼굴을 되찾고는 이야기를 시작했다.

"이건 범죄에 관한 이야기가 아닙니다. 차라리 기이하고 왜곡된 정직성에 관한 이야기라 할 수 있지요. 우리는 세상에서 유일무이하게 자기의 몫이 아닌 것에는 절대로 욕심을 부리지 않는 사람의 이야기를 다루고 있어요. 이러한 사람들의 종교가 되어 온 야생의 논리에 대한 연구이기도 하고요. 글렌가일이 속한 오길비 가문에 관해 오래전부터 전해 내려오는 시구가 있어요. 읊어 보자면 이렇습니다.

봄의 나무에는 연둣빛 수액이 흐르고
오길비 가문에는 황금의 피가 흐른다네

이 시구는 은유적일 뿐만 아니라 말 그대로의 진실을 전하는 것일 수도 있어요. 그것은 단순히 글렌가일 가문이 부를 추구했다는 것만을 의미하진 않아요. 그들은 실제 말 그대로 황금을 모아들였던 겁니다. 그들은 금으로 된 장신구와 가정용품들로 이루어진 거대한 수집 창고를 소유하고 있었지요. 사실상, 그들은 대대로 황금에 관한 병적인 집착을 물려받은 수전노들이었어요. 그 사실에 비추어 보면, 우리가 성에서 찾은 모든 것들의 비밀이 한꺼번에 풀려요. 황금 반지나 귀걸이에서 분리된 다이아몬드들, 지탱해 줄 황금 촛대가 없는 초들, 황금 코담배 케이스가 없는 코담배, 황금 연필이 없는 연필심, 황금 손잡이가 없는 지팡이, 황금 시계나 손목시계가 없는 시계 부품들…… 그리고 미친 소리처럼 들리긴 하지만, 옛날에는 미사 경본에 들어가는 그림을 만들 때 후광과 신의 이름이 있는 부분에는 모두 진짜 황금을 입혔지요. 그래서 이들 또한 제거된 것이고요."

신부가 이 믿을 수 없는 진실을 말할 무렵, 한층 강해진 햇살

아래서 정원은 불을 켠 것처럼 환해졌고, 풀빛도 더 선명해 보였다. 신부가 설명을 계속하는 동안 플랑보는 담배에 불을 붙였다. 브라운 신부는 이야기를 계속했다.

"그 부분들이 그냥 제거된 거죠. 제거된 것일 뿐, 누가 훔쳐 간 건 아니라는 말입니다. 도둑이라면 절대로 이런 물건들을 남겨 두지 않았을 거예요. 도둑이라면 황금 담배 케이스만 가져가는 게 아니라, 코담배와 다른 모든 것들도 함께 가져갔을 테니까요. 이를테면 황금 연필을 훔칠 때 굳이 연필심을 제거하지 않았겠지요. 우리는 아주 독특한 양심을 가진, 하지만 양심이 있는 건 분명한 한 남자를 다루어야 해요. 나는 오늘 아침 집 안의 채소밭에서 저 광기 어린 도덕주의자를 발견했고, 그에게서 모든 이야기를 들었어요.

죽은 아치볼드 오길비는 글렌가일 성에 태어난 사람들 중 가장 선한 축에 들었어요. 하지만 지나친 정직성 때문에 사람을 믿지 못하는 염세주의자가 되어 갔던 거지요. 그는 자기 조상들의 부정직한 성향들에 실망했고, 그로 인해 세상 모든 사람이 다 부정직하다는 식의 일반화를 하게 되었죠. 특히 자선을 베풀거나 공짜로 기부하는 행위를 극도로 불신했어요. 그래서, 자신에게 부여된 정확한 권리 이상은 절대 취하지 않는 사람을 발견할 수만 있다면 그에게 글렌가일 가문이 소유한 모든 황금을 다 물려주리라고 맹세한 겁니다. 이렇게 인간에 대한 도전장만 내던진 후에 그는 세상으로부터 격리된 생활을 시작했지요. 그 도전장에 부응하는 사람이 있을 거라는 최소한의 기대감도 없이 말입니다. 그러나 어느 날, 뒤늦은 전보를 전달하기 위해 귀머거리에 좀 정신 나가 보이는 청년 하나가 멀리 떨어진 마을에서부터 그를 찾아왔지요. 글렌가일은 그 청년을 놀려먹으려는 심사에서 그에게 반짝이는 1파싱❖짜리 새 동전을 하나 더 얹어 주었지요. 반짝이는 파싱은 금화와 비슷해 보였으니까요. 그는 자신이 1파싱을 주었다고 확신했지만, 돌아서서 남은 돈을 살펴보고는 새로운 파싱이 여전히 거기에 남아 있고 1파운드짜리 금화가 없다는 것을 발견했지요. 귀머거리 청년이 돌아오지 않을 거라고 지레짐작한 그는 또 한 번 세상을 냉소했겠지요. 어떤 쪽으로든, 그 청년은 인간이라는 종자의 메스꺼운 탐욕을 보여 줄 뿐이니까요. 즉, 그 청년이 이대로 사라져 버린다면 그는 금화를 훔친 도둑일 것이요, 고결한 척하며 돌려주지만 생색을 낸다면 그는 보상을 바라는 속물일 테니까요. 그날 한밤중에 글렌가일은 문을 두드리는 소리에 침대에서 일어났어요. 그는 혼자 살았으므로 어쩔 수 없이 직접 문을 열었고, 문 앞에 서 있는 모자라는 벙어리 청년을 발견했지요. 그 청년은 금화가 아니라, 거스름돈으로 정확히 19실링 11펜스 3파싱을 가지고 왔던 거죠.

....

❖ 4분의 1페니짜리 동전.

이 혀를 찰 정도의 정확성이 그 광기 어린 성주의 머릿속에 불을 댕긴 셈이죠. 스스로 디오게네스❖처럼 금욕적으로 살 것을 맹세하며 오랫동안 정직한 사람을 찾아온 그가, 마침내 믿을 수 있는 단 한 사람을 발견한 것이죠. 그는 당장 새로운 유언장을 작성했어요. 정원사 가우가 아침에 제게 그걸 보여 주더군요. 백작은 자신의 황량한 저택에 그 정직한 청년을 불러들여서는, 참 이상한 방법이긴 하지만, 그를 자신의 유일한 하인이자 후계자로 삼았답니다. 그 괴상한 청년이 주인을 어느 정도까지 이해했는지는 모르지만, 적어도 자기 주인이 가진 두 가지 확고한 생각만큼은 완벽하게 파악했습니다. 첫째, 권리증이 곧 모든 소유를 대변한다는 것과 둘째로, 그 자신이 글렌가일 가문의 황금을 모두 소유하게 될 거라는 점이었죠. 여기까지가 제가 말씀드릴 수 있는 전부입니다. 아주 간단하죠. 그래서 그는 집 안의 금붙이를 모두 벗겨 내기 시작했지요. 그러나 황금이 아닌 것은 티끌만큼도 취하지 않았어요. 코담배 가루도 작은 분말 하나 건드리지 않았죠. 낡은 종교 서적에서도 반짝거리는 황금 부분만 조심스레 벗겨 내고, 나머지 부분을 망가지지 않은 채로 남겨 두었고요. 여기까지는 단번에 이해가 되었지요. 하지만 이 해골에 관한 부

❖ Laertios Diogenes(?~?). 금욕적 자족을 강조하고, 향락을 거부했던 그리스 '견유학파'의 대표적 철학자.

분은 도무지 납득이 가지 않았어요. 저 감자들 사이에 묻힌 인간의 머리에 관해서는 정말 알아낼 방법이 없었어요. 그래서 계속 골머리를 앓았지요. 플랑보가 그 말을 꺼내기 전까지는요.

하지만 걱정하지 않아도 될 겁니다. 저 사람은 틀림없이 그 두개골을 다시 무덤에 가져다 놓을 테니까요. 거기서 금니들을 모두 뽑아내고 나면요.”

신부의 말은 사실이었다. 그날 아침 플랑보가 언덕을 가로질러 갈 때, 자신들이 간밤에 파헤쳤던 무덤을 저 기묘한 구두쇠 사내가 다시 파고 있는 것이 보였다. 어깨에 걸친 체크무늬 망토가 바람에 펄럭였고, 머리에는 높다란 검정 실크햇을 쓰고 있었다.

아폴로의 눈

자욱한 새벽안개를 피워 올리던 템스 강의 은회색 수면은 태양이 웨스트민스터 위로 떠오르자 눈부시게 찬란한 빛을 반사하기 시작했다. 그 빛을 헤치고 두 남자가 웨스트민스터 다리를 건너왔다. 한쪽은 키가 아주 컸고, 다른 쪽은 정반대였다. 게다가 작은 쪽은 신부복을 입고 있었으므로, 어깨를 나란히 하고서 걷는 두 사람의 모습은 매우 대조적이었다. 국회의사당의 오만하게 솟은 시계탑 옆에 웨스트민스터 성당의 나지막하고 소박한 건물이 붙어 있는 격이었다. 훤칠한 키의 남자는 사설탐정 에르퀼 플랑보로, 성당 맞은편에 새로 들어선 아파트 건물에 있는 자신의 사무실로 가는 길이었다. 키 작은 남자는 캠버웰의 성 프란

시스 사비에르 수도회의 브라운 신부였는데, 캠버웰 교회에서 막 장례식을 마친 후 친구의 새 사무실을 보러 오는 길이었다.

건물은 고층 빌딩인 데다, 전화들과 승강기 같은 매끈하고 정교한 첨단 시설들까지 갖추었다는 점에서 매우 미국적이었다. 그러나 완공된 지 얼마 되지 않아 아직은 비어 있는 방이 많았다. 현재까지 플랑보의 사무실을 포함해서 바로 위층 사무실과 아래층 사무실, 이렇게 세 군데에만 사람들이 들어와 있었다. 그 위로 두 층과 아래의 세 층은 완전히 비어 있었다. 그러나 이 높은 아파트 건물은 한번 보기만 하면 눈을 뗄 수 없게 만드는 뭔가가 있었다. 아직도 공사용 발판들이 여러 개 남아 있긴 했지만, 그것보다는 눈부시게 빛나는 어떤 물체가 플랑보의 사무실 바로 위쪽 사무실 앞에 매달려 있어서였다. 그것은 표면에 금박이 입혀진, 황금빛 광선으로 둘러싸인 인간의 눈이었다. 이 장식물은 어찌나 거대한지 사무실의 창문 두세 개 정도는 거뜬히 덮고 있었다.

"저게 도대체 뭔가?" 브라운 신부가 자리에 멈춰 서며 물었다.

"아 저거요? 새로운 종교라더군요." 플랑보가 웃으며 대답했다. "저 신흥종교는 저곳을 찾는 사람들에게 '당신은 한 번도 죄를 지은 적이 없었다'고 말하며 인간의 죄를 사해 준답니다. 제 생각엔, 크리스천 사이언스❖와 비슷하다고나 할까요. 중요한 건

자기 스스로를 칼론이라고 칭하는 친구가 제 사무실 바로 위층 사무실에 산다는 점이지요. 그의 본명이 뭔지는 잘 모르겠어요. 그게 칼론일 리 없다는 것 말고는. 칼론이란 지고지순한 존재를 칭하는 그리스어니까요. 아래층 사무실에는 두 명의 여자 타이피스트가 들어와 있어요. 바로 위층에 광적인 협잡꾼이 살고 있는 것과는 꽤나 대조적이죠. 그 녀석은 자기 자신을 아폴로의 새로운 사제라고 부르면서 태양을 숭배하는 의식을 치르더군요.”

“한번 바깥을 내다보라고 해주게나. 태양은 모든 신들 중 가장 잔인한 존재이지. 그런데 저 괴물 같은 눈동자는 뭘 의미하는 거지?”

“제가 이해하기로는, 인간이 정말 확고한 신념을 가지고 있다면 무엇이든지 인내할 수 있다는 게 저들의 이론입니다. 그들의 종교를 대변하는 두 가지 상징이 있는데, 하나가 태양이고, 나머지 하나가 태양을 바라보는 눈이죠. 사람이 정말로 건강하다면 태양을 똑바로 응시할 수 있다는 게 그들의 주장이니까요.”

“사람이 정말로 건강하다면, 굳이 태양을 바라보려는 수고 따위는 하지 않을 텐데.”

“글쎄요, 여기까지가 제가 이 종교에 대해 말씀드릴 수 있는 전부입니다.” 플랑보는 문득 생각난 듯이 한마디를 덧붙였다.

<hr>

❖1866년 미국 보스턴에서 창시된 종교. 인간 정신, 신, 그리스도는 일체라고 본다.

"물론, 믿음으로 육체적인 질병들을 치료할 수 있다는 주장도 하더군요."

"그게 유일한 영혼의 질병도 치료할 수 있다는 건가?" 브라운 신부가 호기심 가득한 얼굴로 물었다.

"유일한 영혼의 질병이라는 게 뭐죠?" 플랑보가 미소를 지으며 물었다.

"말하자면, 자기가 꽤 건강하다고 생각하는 것이지." 브라운 신부가 대답했다.

플랑보는 자기 사무실 위층의 화려한 사원보다는 아래층에 자리 잡은 조용하고 작은 사무실이 더 흥미로웠다. 그는 분명한 것을 좋아하는 남쪽 나라 사람답게, 멋지게 보이지만 사람 냄새가 나지 않는 신흥종교 따위에는 전혀 흥미를 느낄 수 없었다. 그러나 사람들에 대해서라면 언제나 관심이 있었다. 특히 그 사람이 아름답기까지 하다면. 게다가, 아래층의 숙녀들은 꽤나 특이한 인물들이기도 했다. 그 사무실은 두 명의 자매들이 운영했는데, 둘 다 마른 몸매에 피부색이 가무잡잡했다. 둘 중 하나는 키가 크고 늘씬한 데다 두드러지게 아름다웠다. 어두운 열정을 지닌, 독수리같이 날카로운 인상의 여자였는데, 독특한 옆모습은 언제나 말끔하게 날이 서 있는 무기를 연상시켰다. 그녀는 평생 동안 남에게 동요되는 법 없이 자기만의 목표를 향해 꾸준히 나아갈 사람처럼 보였다. 그녀의 눈동자는 놀라울 정도로 반짝였지만, 다이아몬드라기보다는 강철의 광채에 가까웠고, 곧고 날씬한 몸매는 우아하다고 하기에는 지나치게 뻣뻣한 구석이 있었다. 그녀의 여동생은 그녀를 약간 더 축소해 놓은 것 같았다. 창백한 안색에, 이목구비에는 이렇다 할 특징이 없는 얼굴이었다. 자매는 둘 다 다소 남성적인 커프스와 칼라가 달려 사무적으로 보이는 검은 정장을 입고 있었다. 런던의 사무실들마다 이처럼 남성적이고 부지런한 여성들이 차고 넘쳤지만, 특히 이들 자매가 다른 여성들보다 흥미로운 점은 겉으로 드러난 그들의 직업이 아닌 그들의 실제 신분에 있었다.

언니 폴린 스테이시는 부유한 가문의 상속녀로서 실제로 거대한 재산뿐만 아니라, 가문 대대로 내려오는 광대한 영지까지 물려받았다. 그녀는 아름다운 정원들이 딸린 대저택에서 공주처럼 자랐다. 현대 여성 특유의 지독한 야망이 그녀를 더 고귀하지만 혹독한 목표를 향해 나아가도록 부채질하기 전까지는 말이다. 그렇다고 해서 그녀가 그 재산을 포기한 것은 아니었다. 만일 그랬다면, 그것은 그녀의 오만한 공리주의에는 꽤나 모순된, 낭만주의적이거나 수도사적인 재산 포기가 되었을 것이다. 그녀는 아마도 이렇게 변명할지도 모른다. 자기가 재산을 포기하지 않은 건, 장차 보다 실용적이고 공익적인 목적에 사용하기 위해서라고. 그녀는 그 재산의 일부를 자신의 사업에 투자했고, 그녀의 회사는 타이프 라이팅 업계에서 꽤 정평을 얻게 되었다. 나머지 재산의 일부는 일하는 여성들의 진보를 위해 활동하는 단체나 다양한 연맹들에 기부했다. 그녀의 여동생이자 사업 파트너인 조앤이, 다소 따분한 구석이 있는 언니의 이상주의에 얼마나 공감하는지는 아무도 알 수 없었다. 그러나 표면적으로는 충견과 같은 애정으로 상사인 언니에게 복종했다. 이러한 종류의 애정이 지닌 비극성 때문에, 그녀는 견고하고 고상한 영혼을 지닌 언니보다 훨씬 더 인간미가 있어 보였다. 폴린 스테이시는 비극과는 전혀 관련이 없었기 때문이다. 그녀는 심지어 비극의 존재 자체를 부정할 만한 인물이었다.

그 아파트에 처음 입주하던 날 플랑보는 폴린의 신속 정확함과 성급하고 차가운 성미에 매료되었다. 그는 현관 홀에서 엘리베이터 보이를 기다리며 여기저기를 어슬렁거리던 참이었다. 보통은 엘리베이터 보이가 손님들을 엘리베이터에 태운 뒤 각 층으로 안내해 주었다. 그러나 이 송골매처럼 시원스러운 눈매를 가진 여자는 엘리베이터 보이가 올 때까지 기다리는 것을 참지 못했다. 그녀는 자신이 엘리베이터를 움직이는 방법에 대해 이미 잘 알고 있으므로 엘리베이터 보이나 다른 남자들의 도움을 받을 필요가 없다고 딱 잘라 말했다. 그녀의 아파트는 겨우 3층에 있었지만, 엘리베이터에 탄 그 짧은 시간 동안 그녀는 대수롭지 않다는 듯이 엘리베이터 작동법을 가르쳐 주며, 현대적인 기계에 대한 자신의 기본적인 관점들을 늘어놓았다. 즉, 현대적인 직장 여성인 그녀가, 최신식 기계들을 선호하고 작동법을 익히는 것은 당연하다는 것이었다. 그녀의 반짝이는 검은 눈동자는 기계문명의 발달을 비판하고 낭만주의의 부흥을 부르짖는 사람들에 대한 추상적인 분노로 이글거렸다. 그녀는 자신이 엘리베이터를 직접 조작하듯이, 다른 사람들도 현대 기계들을 다룰 줄 알아야 한다고 주장했다. 그녀는 플랑보가 자기를 위해 승강기 문을 열어 준 것이 못마땅한 기색이었다. 자신의 사무실로 올라가는 동안 플랑보의 얼굴에는 내내 미묘한 감정이 담긴 미소가 떠올랐다. 성미 급하고 자립심 강한 폴린에게서 너무나 강한 인상을 받았기 때문이다.

그녀의 기질은 확실히 성급하고 실용적인 데가 있었다. 그녀의 가늘고 우아한 손놀림들은 매우 빠른 것은 물론이고, 가끔은 파괴적이기까지 했다. 한번은 플랑보가 타이핑을 부탁할 일이 있어서 그녀의 사무실을 찾아갔는데, 마침 그녀가 동생의 안경을 바닥에다 집어던지고는 그것을 발로 쾅쾅 밟아 대고 있었다. 그녀는 '부도덕한 의료 기구들'을 비판하고, 인간을 나약하게 만들 의도로 발명된 이러한 기구들을 사용하는 것 자체가 병을 자초하는 행위라며 동생을 비난했다. 그녀는 동생에게 다시는 이런 인공적이고, 불건강한 쓰레기를 사무실에 들이지 말라고 윽박질렀다. 그녀는 자신이 의족이나 가발이나 유리 눈알을 착용할 사람으로 보이냐며 소리를 질렀다. 그렇게 말할 때 그녀의 눈은 수정 구슬처럼 무시무시하게 번득였다.

플랑보는 이 극단적인 행동을 보고 당황했으나 궁금증을 참을 수 없었다. 그는 직설적인 프랑스인답게 폴린에게 대놓고 물었다. 왜 엘리베이터를 타는 것은 현대적인 행동인데 안경을 쓰는 것은 나약한 행위인지, 과학이 어떤 방식으로 우리를 도와준다면 왜 다른 방식으로는 우리를 도울 수 없는 것인지.

"그건 전혀 다른 문제죠." 폴린 스테이시가 거만한 태도로 대답했다.

"건전지나 모터 같은 모든 전기 도구들은 남성의 힘을 대변해요. 그래요, 플랑보 씨, 그건 또한 여성의 힘을 상징하기도 하죠! 거리를 단축하고 시간을 뛰어넘는 이 거대한 엔진들은 이제 우리에게 변화의 기회를 제공할 거예요. 그건 고귀하고 훌륭하고, 정말로 과학이라고 부를 만한 것들이죠. 하지만 의사들이 파는 이 불쾌하기 짝이 없는 목발이나 반창고 같은 것들은, 그것들은 정말 나약한 겁쟁이들이나 좋아할 만한 것이죠. 의사들은 우리가 원래부터 불구나 병약한 노예들로 태어난 것처럼 우리의 팔다리를 주삿바늘로 찔러 대요. 하지만 플랑보 씨, 난 자유로운 인간으로 태어났어요. 사람들이 이런 물건들이 필요하다고 생각하는 이유는 오로지 그들이 힘과 용기 속에서 자라나지 못하고 공포에 길들여졌기 때문이죠. 멍청한 유모들이 아이들에게 태양을 똑바로 쳐다봐서는 안 된다고 세뇌시키기 때문에 아이들이

눈을 깜박거리지 않고는 태양을 응시할 수 없게 되는 것과 같아
요. 우주의 그 수많은 별들 중에서 왜 단 하나의 별만 내 눈으로
쳐다볼 수 없다는 거죠? 태양은 나의 주인이 아니에요. 그러니
나는 눈을 크게 뜨고서 아무 때나 태양을 직시할 수 있는 거죠."

"당신의 눈빛에 오히려 태양이 눈부셔 할 겁니다." 플랑보는
프랑스식으로 무릎을 굽혀 경의를 표했다. 그는 이 특이한 고집
불통 미녀를 칭찬하는 일이 재미있었다. 그럴 때면 그녀도 잠시
당황하는 모습을 보이기 때문이었다. 하지만 위층의 자기 사무
실로 올라가면서 플랑보는 땅이 꺼질 듯 한숨을 내쉬었다. 기분
도 전환할 겸 휘파람을 한 번 불고는 혼잣말을 했다. "그래서 그
녀는 황금빛 눈을 간판으로 달아 놓은 위층 마술사의 손아귀에
걸려든 게로군." 플랑보는 칼론의 신흥종교에 대해서는 아는 것
도 없거니와 전혀 관심도 없었지만, 칼론이 주장하는 태양 응시
에 관한 궤변은 들어 본 적이 있었기 때문이다.

그는 곧 위층과 아래층 사이의 영적인 결합이 매우 돈독하며
그것도 갈수록 강화되고 있음을 알게 되었다. 스스로를 칼론이
라 부르는 그 사나이는 잘생긴 인물로, 체격에 있어서는 아폴로
의 제사장이 되고도 남을 만했다. 키는 거의 플랑보만큼이나 컸
으며, 얼굴은 훨씬 더 수려했다. 강렬한 빛을 뿜어내는 푸른 눈
과 황금색 턱수염, 사자의 갈기처럼 펄럭이는 머리칼에 단단한
골격까지, 니체가 말한 황금빛 야수*를 눈앞에서 보는 듯했다.

그는 이 모든 육체적인 아름다움에 더하여 진정한 지성과 숭고한 정신까지 갖추어, 온몸에서 밝고 부드러운 빛을 발하는 것 같았다. 만약 그가 위대한 색슨족 왕들과 닮았다면, 그는 또한 덕이 높았던 왕들 중 한 명에 가까웠을 것이다. 그러나 그를 둘러싼 환경은 런던 특유의 모순과 부조화를 드러내고 있었다. 그의 사무실은 성과 속이 교차하는 빅토리아 거리에 세워진 최신식 고층 건물의 중간층에 있었고, 방 바깥에서는 커프스와 칼라가 달린 정장 차림의 평범한 청년이 책상에 앉아 잡무를 처리하고 있었으며, 길가 쪽 창문에는 그의 이름이 새겨진 동판과 금박을 입힌 상징물이 안과의사의 광고판처럼 내걸려 있었기 때문이다. 이러한 환경들이 아무리 천박해 보이더라도, 저 칼론이라 불리는 사내의 영혼과 몸에서 배어 나오는 생생한 카리스마와 영감을 가릴 수는 없었다. 어느 모로 보나, 이런 사기꾼을 직접 접한 사람들은 위대한 성인 앞에 선 것처럼 느낄 수밖에 없었다. 심지어 그가 사무실에서 작업복으로 헐렁한 리넨 재킷을 걸치고 있을 때조차 그는 매혹적이기 짝이 없었다. 특히 그가 날마다 태양을 경배하는 의식을 치르기 위해 흰 예복을 입고 황금 장식이 달린 왕관을 쓰고 발코니에 나타날 때면, 그 모습이 얼마나 근사한

<hr>

❖ 니체의 《도덕의 계보》에 등장하는 개념. 주인 의식과 노예 의식을 구분하는 가운데, 주인 의식을 지닌 고귀한 사람들의 본보기로 황금빛 야수, 즉 사자를 꼽았다.

지, 거리에서 그를 비웃으며 지나가던 사람들조차도 가끔씩은 얼굴에서 웃음이 가셨다. 하루에 세 번 그 태양 숭배자는 자신의 작은 발코니로 나와 모든 웨스트민스터 사람들의 면전에서, 그의 찬란한 신에게 기도를 올렸다. 일출에 한 번, 일몰에 한 번, 그리고 정확히 정오를 알리는 종이 울릴 무렵에 한 번. 플랑보의 친구인 브라운 신부가 처음으로 고개를 들어 흰옷을 입은 아폴로의 사제를 본 것은, 국회의사당과 교구 교회의 종탑에서 울려 나온 정오의 종소리가 채 사라지기 전이었다.

플랑보는 매일 세 번씩 거행되는 태양 숭배 의식을 지치도록 보아 온 터라, 성직자 친구가 자기를 잘 따라오고 있는지 확인하지도 않고 무심코 건물의 현관 안으로 재빨리 들어갔다. 그러나 브라운 신부는, 종교 의식에 관한 직업적인 흥미에서인지 아니면 광대짓에 관한 강한 개인적인 흥미에서인지는 알 수 없으나, 걸음을 멈춘 채 태양 숭배자의 발코니를 가만히 올려다보았다. 마치 광대인형극을 구경하는 사람처럼. 은빛 예복을 차려입은 예언자 칼론은 이미 자리에서 일어서서 손을 높이 들고 태양을 향해 기도를 올리고 있었다. 그가 독특하고 날카로운 목소리로 기도문을 중얼거릴 때, 그 소리는 사람들로 붐비는 거리 전체에 울려 퍼졌다. 그의 기도 의식은 이미 중반에 다다랐다. 그의 눈은 이글거리는 태양에 고정되어 있었다. 그런 그의 눈에 땅 위에 있는 물체나 사람들이 들어오는지는 알 수 없었으나, 발아래 군중들 속에서 눈을 깜박거리며 어리벙벙한 표정으로 그를 올려다보고 있던 신부의 둥그스름한 얼굴을 보지 못한 건 확실했다. 먼 거리를 두고 떨어져 서 있는 이 두 사람 사이의 가장 놀라운 차이점은, 브라운 신부는 눈을 깜박거리지 않고는 눈이 부셔 아무것도 쳐다볼 수 없는데, 아폴로의 사제는 눈꺼풀 하나 떨리지 않고서 정오의 이글거리는 태양을 쳐다볼 수 있었다는 점이다. 그때 예언자가 외쳤다.

"오, 태양이시여! 오, 너무나 위대하여 어떤 별들과도 비교할 수 없는 별이시여! 우주라 불리는 저 비밀스러운 장소에서 조용히 흘러넘치는 샘이시여! 모든 순결하고 무궁무진한 것들, 순결한 불꽃들과 순결한 꽃들과 순결한 봉우리들의 아버지시여! 아버지여, 당신은 당신의 가장 결백하고 고요한 아이들보다 더 결백하나이다. 당신의 아이들은 지고지순한 존재들로, 그들의 평화 속으로……."

로켓이 거꾸로 추락하는 것만 같은 굉음이 난 것과 동시에 날카로운 비명 소리가 길게 이어졌다. 건물 현관문 밖으로 세 사람이 달려 나오고, 다섯 사람이 건물 안으로 뛰어 들어갔다. 잠시 동안 그들은 모두 비명부터 지르느라 말을 주고받을 수 없었다. 급작스럽게 시작된 공포감이 순식간에 사람들의 영혼을 잠식했고, 잠시 동안 온 거리는 불길한 소식으로 가득 찬 것 같았다. 아무도 그 실체를 모르기에 더욱더 불쾌하게 느껴지는 소식 말이다. 그 충돌로 인한 소란이 가라앉은 후 오로지 두 사람만 정적을 지키며 원래의 자리에 서 있었다. 높은 발코니에는 잘생긴 아폴로의 사제가, 낮은 땅 위에는 못생긴 기독교 신부가.

마침내 큰 키에 에너지가 넘치는 플랑보가 아파트의 현관에 나타나 몰려든 군중을 진정시켰다. 짙은 안개를 뚫고 들려오는 경적 소리처럼 그는 목소리를 최대로 높여 외쳤다. "누군가 가서 외과 의사를 불러와요!" 그가 사람들이 몰려 있는 어두운 현관으로 돌아갔을 때, 브라운 신부는 별다른 이목을 끌지 않고 친구를 따라 안으로 들어갔다. 힘들게 군중을 헤치고 나가는 동안에도 그는 여전히 태양의 사제의 훌륭한 멜로디와 한결같은 기도 소리를 들을 수 있었다. 그는 아직도 샘들과 꽃들의 친구인 행복한 신의 이름을 부르고 있었다.

브라운 신부는 플랑보와 다른 여섯 사람이 봉쇄된 공간을 둥글게 둘러싸고 서 있는 것을 보았다. 그 공간은 평소 승강기가 내려오는 공간이었다. 그러나 승강기는 내려와 있지 않았고 대신 뭔가 다른 것이 그 자리를 채우고 있었다. 승강기를 타고 내려와야 했을 어떤 존재가.

꽤 오랫동안 플랑보는 그 존재를 내려다보았다. 비극 자체를 부인하던 그 아름다운 여자가 머리가 깨져 피를 흘리고 있었다. 의심할 여지도 없이 그건 폴린 스테이시였다. 플랑보는 의사를 부르긴 했지만, 그녀가 이미 죽었다는 것을 확신할 수 있었다.

그는 자신이 그녀를 좋아했는지 싫어했는지를 확실히 기억할 수 없었다. 두 가지 상반된 감정이 거의 반반씩 넘나들었기 때문이다. 그러나 그녀가 그에게 특별한 존재였던 건 사실이었다. 그녀에 관한 구체적인 기억들이 하나씩 되살아나자, 참을 수 없는 비애가 상실감이라는 작은 단검들이 되어 가슴을 쿡쿡 찔러 댔다. 그녀의 아름다운 얼굴과 아는 체하기 좋아하던 말투가 갑자기 너무나 생생하게 떠오르는 바람에, 그녀가 죽었다는 사실이 더 큰 고통으로 다가왔다. 마른하늘에 날벼락이 치듯 눈 깜짝할 사이에, 그 아름답고 매력적이던 육체가 죽음의 밑바닥을 향해, 뻥 뚫린 승강기의 구멍 속으로 떨어져 내린 것이다. 자살이었을까? 그토록 오만한 낙천주의자에게는 불가능한 일이었다. 그렇다면 타살이었을까? 살인 사건이 일어나기에는 너무나 사람이 적은 이 아파트에서 도대체 누가 그런 일을 저질렀단 말인가? 그는 일부러 몰아칠 듯 거칠게 소리를 내질러 칼론이 어디에 있었는지를 묻고자 했다. 그러나 의도한 것과 달리 나약한 목소리밖에 나오지 않았다. 익숙하게 듣던 묵직하고 조용한 목소리가, 칼론이 지난 십오 분 동안 자신의 발코니에서 신에게 예배를 드리고 있었다고 그에게 말해 주었다. 플랑보는 그 목소리를 듣는 순간, 브라운 신부의 손길을 느꼈다. 그는 가무잡잡한 얼굴로 신부를 돌아보며 급히 물었다.

"그가 그 시간 내내 위층에 있었다면, 누가 그런 짓을 할 수 있었죠?"

"아마도, 우리가 위로 올라가서 알아봐야겠지. 경찰이 오기까지 삼십 분가량 시간이 있군." 신부가 차분한 어조로 말했다.

죽은 상속녀의 시체를 외과의사에게 맡겨 놓은 채 타이핑 사무실로 단숨에 달려 올라간 플랑보는, 사무실이 완전히 비어 있는 것을 발견했다. 그는 한 층 위에 있는 자기 사무실로 뛰어 올라갔다. 사무실에 들어가다가, 그는 갑자기 생각난 듯 하얗게 질린 얼굴로 신부를 돌아보았다.

"그녀의 여동생 말입니다." 그는 불쾌하고 심각한 투로 말했다. "그녀의 여동생이 잠시 산책을 나간 것 같아요."

브라운 신부는 고개를 끄덕이며 말했다. "아니면, 저 태양의 사나이의 사무실에 올라갔을지도 모르지. 내가 자네라면 난 그것부터 확인할 거야, 그런 다음 우리 모두 자네 사무실에서 함께 그에 관해 이야기를 나누는 거지." 신부는 갑자기 무언가 다른 것이 생각난 듯이 덧붙였다. "아니지, 난 이 멍청함을 언제나 벗어날까? 당연히, 아래층에 있는 그 자매들의 사무실에서 이야기를 해야지."

플랑보는 무슨 뜻인지 몰라 신부를 빤히 쳐다보았다. 그러나 그는 잠자코 키 작은 신부를 따라 스테이시의 텅 빈 사무실로 내려갔다. 무슨 꿍꿍이인지 도대체 속을 드러내지 않는 신부는 사무실 입구 바로 앞에 놓여 있는 커다란 붉은 가죽 의자에 앉더니 무엇인가를 기다리는 눈치였다. 그 자리는 계단들과 복도를 한 꺼번에 다 볼 수 있는 장소였다.

얼마 지나지 않아, 무슨 장엄한 의식이라도 치르듯 세 사람이 천천히 계단을 내려왔다. 첫 번째 사람은 죽은 여자의 동생 조앤 스테이시였다. 그녀는 위층에 있는 아폴로의 임시 사원에 머물 렀던 것이 분명했다. 두 번째 사람은 아폴로의 사제로, 기도를 마친 사람답게 엄숙한 얼굴로 계단에 옷자락을 끌며 내려오고 있었다. 흰 예복 차림인 그는 턱수염을 길렀고, 중간 가르마를 탄 머리를 풀어헤치고 있었는데, 마치 유명한 화가 도레❖의 〈총 독부를 떠나는 예수〉에서 예수님이 걸어 나온 것 같았다. 세 번 째 사람은 검은 눈썹에 당혹감을 드러내고 있는 플랑보였다.

나이에 맞지 않게 머리에 희끗희끗한 새치가 보이는 조앤 스 테이시는 어두운 안색에다, 얼굴을 잔뜩 찡그리고 있었다. 그녀 는 자기 책상으로 곧장 걸어가더니 노련한 솜씨로 서류를 꺼내 놓았다. 그 단순한 동작은 다른 모든 사람들을 자극하여 제정신 이 들도록 했다. 조앤 스테이시 양이 범인이라면, 그녀는 냉혈한 이 틀림없었다. 브라운 신부는 얼마 동안 묘한 미소를 지으며 지 켜보더니, 그녀에게서 눈을 떼지 않은 채로 다른 누군가에게 말

....

❖ Paul Gustave Doré(1832~1883). 프랑스의 화가이자 판화가로, 발자크의 작품 삽화 및 《신곡》 삽화로 유명하다.

을 걸었다. 아마도 칼론을 향해 하는 말인 것 같았다.

"예언자님, 당신의 종교에 대해서 자세히 설명해 주셨으면 해요."

"얼마든지요." 칼론이 아직도 왕관이 얹힌 머리를 기울이며 말했다. "하지만 무엇을 알고 싶으신지 모르겠네요."

"제가 물어보고 싶은 건 이런 겁니다." 브라운 신부가 솔직하게 의심을 드러내며 말했다. "우리는 어떤 사람이 정말 나쁜 사고방식을 가지고 있다면, 그건 틀림없이 부분적으로 그 사람의 잘못이라고 배웠습니다. 그럼에도 불구하고, 우리는 두 부류의 사람을 어느 정도 구분할 수 있어요. 양심은 꽤나 깨끗하지만 그것을 알고도 모욕하는 사람과 양심 자체가 궤변론들로 인해 애매모호해진 사람을 말입니다. 자, 당신은 정말로 살인이 전적으로 나쁘다고 생각하시나요?"

"저를 고발하시려는 겁니까?" 칼론이 매우 조용하고 침착한 어조로 물었다.

"아니요." 브라운 신부가 칼론과 같은 어조로 부드럽게 대답했다. "자기 변호를 할 기회를 드리는 거죠."

브라운 신부의 도전에 모두 놀라서 말이 없었다. 한참 후에 아폴로의 사제가 느린 동작으로 자리에서 일어났다. 순간 그 움직임은 정말로 태양이 떠오르는 것만 같았다. 그는 온 방 안을 자신의 빛과 생명으로 채웠는데, 광대한 솔즈베리 평원이라도 쉽게 채울 수 있을 것 같은 자부심이 엿보였다. 화려한 예복을 입은 모습과 우아한 몸짓은 방 전체에 고전적인 광휘와 웅장한 색채를 더했다. 거기에 비해 투박한 검은 옷을 입은 짜리몽땅한 신부의 모습은 그리스인의 장엄한 옷자락에 묻은 먼지나 난데없이 생겨난 둥글고 검은 얼룩 같았다.

"우리가 마침내 만났군요, 가야바❖ 님." 사제가 말했다. "당신의 교회와 나의 사원만이 이 지상에서 유일한 현실이죠. 나는 태양을 숭배하고, 당신은 태양의 빛을 어둡게 가리죠. 당신은 죽어 가는 신의 성직자이고 나는 살아 있는 신의 성직자요. 현재 나에 대한 당신의 의심과 중상모략은 당신이 입은 옷과 신념만큼이나 무가치한 것이지요. 당신이 다니는 모든 교회는 검은 옷을 입은 경찰들과 다를 바 없어요. 그들은 기만이나 고문을 통해서 사람들로부터 죄를 고백하게 만들 방법을 찾는 스파이이자 탐정일 뿐이죠. 당신은 사람들의 죄를 파헤치려 하지만, 나는 그들의 무고함을 밝히려 하지요. 당신은 그들을 죄인이라 단정하지만, 나는 그들에게서 미덕을 찾아냅니다.

악마의 성서를 탐독하는 이여, 내가 당신의 근거 없는 악몽을 영원히 날려 버리기 전에 한마디만 더 하겠소. 당신이 나를 고발하든 말든 난 전혀 상관하지 않는다는 것을 당신이 어떻게 알겠

❖ 예수를 심판하여 사형을 언도한 유대교 대제사장.

소. 당신이 불명예니 끔찍한 교수형이니 하고 부르는 것들은 나에게 더 이상 위협이 되지 못해요. 다 자란 어른들에게 어린애들 그림책에나 나오던 도깨비 이야기를 들먹이는 거나 마찬가지랄까. 당신은 나에게 자기변호의 말을 해보라고 제안했지요. 난 뜬구름 같은 이 세상에 대해서는 너무나 무관심하기 때문에, 오히려 당신이 나를 고발하기에 적합한 근거들을 제공하려 합니다. 이 일에 관해서 나를 위험하게 할 만한 요소는 오직 한 가지밖에 없지만, 난 그것을 내 입으로 말할 것이오. 죽은 여인은 나의 연인이자 신부였소. 당신의 천박한 교회가 합법적이라고 부르는 의식을 따르진 않았지만, 당신이 알고 있는 어떤 의식보다 더 순수하고 엄격한 방식으로 맺어진 관계란 말이오. 그녀와 나는 당신의 세상과는 한 차원 다른 세상의 길을 걸어왔소. 당신이 벽돌로 된 터널과 복도를 힘겹게 빠져나갈 때, 우리는 수정 궁전과 같은 길을 걸었단 말이요. 글쎄, 난 항상 경찰들이 신학적으로든 다른 식으로든 세상을 해석할 때면, 사랑이 있는 곳에 당연히 얼마 안 가 미움이 생겨난다는 식의 허무맹랑한 생각만 한다는 걸 알고 있소. 당신은 그런 논리에서 나를 고발할 첫 번째 근거를 찾아냈겠지요. 두 번째 근거는 더 강력하지만, 이것 역시 당신에게 감출 생각은 없소이다. 폴린이 나를 사랑한 것이 사실일 뿐만 아니라, 오늘 아침 그녀가 죽기 전에, 자기 책상에 앉아 나와 내 교회에 50만 달러를 남긴다는 내용의 유서를 작성한 것도 사실이라는 거요. 자, 수갑이 어디에 있지요? 당신이 나에게 무슨 바보 같은 짓을 하든 내가 신경이나 쓸 거라고 생각하오? 설사 종신형을 선고받는다 하더라도 그건 오직 길가 정거장에서 그녀를 기다리는 것과 같을 뿐이오. 교수형을 받는다 해도 마찬가지요. 그건 좀 더 고속으로 그녀에게 가는 길이 될 테니까."

그는 웅변가와 같이 대담한 권위로 열변을 토했고, 플랑보와 조앤 스테이시는 경탄의 시선으로 그를 쳐다보았다. 반면 브라운 신부는 극도로 고통스러워하는 빛이 역력했다. 그는 미간에 골 깊은 주름이 질 정도로 이마를 잔뜩 찡그린 채 바닥을 응시하고 있었다. 태양의 사제는 벽난로에 여유 있게 몸을 기댄 채 다시 말을 꺼냈다.

"나는 지금까지, 나를 불리하게 만들 만한 모든 비밀들을 당신에게 털어놓았소. 나를 유죄로 몰 만한 근거라면 그게 전부요. 하지만 이제 몇 마디만 더 하면, 나는 그 의혹들을 산산조각 내서, 흔적조차 남지 않도록 할 수 있소. 내가 이 범죄를 저질렀는지 아닌지를 판단할 수 있는 진실은 이 단 한 문장에 담겨 있소. 나는 이 범죄를 저지르고 싶어도 저지를 수 없는 상황이었소. 폴린 스테이시는 열두 시 오 분에 여기 3층에서 바닥으로 떨어졌소. 백여 명의 사람들이 증언대에 나와서 내가 그 시간에 내 집의 발코니에 서 있었다는 것을 증언할 것이오. 정오의 종소리가 시작되기 바로 직전부터 열두 시 십오 분까지, 평소와 다름없이 내가 대중 앞에서 기도를 올리고 있었다고 말이요. 나의 직원은 클래펌 출신의 훌륭한 젊은이로 나와는 아무런 관련도 없는 인물인데, 오늘 오전부터 내내 내 사무실 바깥에 앉아 있었소. 그도 나 말고 다른 사람이 들어오는 걸 본 적이 없다고 맹세할 거요. 그는 내가 예배를 시작하는 시간인 열두 시 십 분 전에, 즉 그녀의 사고가 일어나기 십오 분 전에 사무실에 도착했고, 그 후로는 계속해서 내 사무실이나 발코니를 떠난 적이 없다는 것을 증명할 거요. 그 누구도 나만큼 완벽한 알리바이를 가질 수는 없을 거요. 나는 웨스트민스터 사람들의 절반을 증인으로 세울 수 있을 거요. 내 생각엔 당신은 그 수갑을 거두는 게 좋을 것 같소. 나를 고발하겠다는 생각은 단념할 때가 됐으니까.

마지막으로, 바보 같은 의심의 여지라곤 티끌만큼도 남아 있지 않은 마당이지만, 난 당신들이 알고 싶어 하는 것들에 대해 더 말씀드릴 수 있소. 나의 불행한 친구가 어떻게 죽음에까지 이르게 되었는지를 내가 알고 있으니 말이요. 그걸 알면서도 막지 못한 점에 대해서는 나를 비난해도 어쩔 수 없소. 아니면 그와 관련된 나의 신념이나 철학에 대해서도. 하지만 그런 이유로 당신이 나를 고발할 수 없다는 건 확실하오. 역사상 어떤 특별한 수련자들과 도인들이 공중부양의 능력에 도달했다는 사실은 고귀한 진리를 연구하는 사람들에게는 널리 알려져 있는 일이오. 즉, 이것은 아무것에도 의존하지 않고 공중에 몸을 띄울 수 있는 능력을 말해요. 그것은 우리 같은 종교가 지닌 초자연적인 지혜의 주요한 요소를 이루는, 물질을 의지대로 다루려는 노력에 지나지 않소. 불쌍한 폴린은 기질상 추진력과 야심이 강한 여인이었소. 사실대로 말하자면, 그녀는 자신이 실제보다 더 많은 초능력을 지니고 있다고 생각했던 것 같소. 우리가 함께 승강기를 타고 내려갈 때면 그녀는 자주 이렇게 말하곤 했소. 만약 인간의 의지가 충분히 강하다면, 깃털처럼 가볍게 몸에 아무 상처도 입지 않고 둥둥 떠서 내려갈 수 있을 거라고 말이오. 나는 진심으로, 고귀한 사상가들이 말하는 어떤 황홀경의 측면에서 그녀가 기적을 시도했던 거라고 믿소. 그러나 그 결정적인 순간에, 그녀의 의지, 혹은 그녀의 신념이 그녀의 몸을 배반했던 게 틀림없소. 그녀가 고귀한 자신감을 잃는 순간 그보다 더 저급한 물질의 법칙이 끔찍한 보복을 감행했던 거요. 당신들이 생각하듯이 전체 사건을 두고 보면, 거기엔 뭔가 매우 슬프고 끔찍하고 사악한 요소들이 있을 것 같지만, 모든 것을 잘 알고 있는 내 관점에서 바라보건대 이건 절대로 타살이 아니고, 더구나 나와도 아무 관계가 없소. 경찰들이 하는 식으로 요약하자면, '자살'이라고 부르는 게 편리하겠지만 말이오. 나라면 이 사건을, 과학의 발전과 천국의 느린 저울질로 인한 영웅적인 실패라고 부르겠소."

플랑보는 처음으로 브라운 신부가 적에게 제압당하는 것을 보았다. 그는 괴로운 듯이 미간을 잔뜩 찌푸린 채 말없이 바닥만 바라보고 있었는데, 마치 수치심에 몸부림치는 것 같았다. 반면 자유롭고 건강해 보이는, 더 당당하고 순수한 영혼의 소유자는 승리감에 도취되어 부루퉁한 얼굴의 탐정을 비웃고 있었다. 정말 참기 어렵다는 듯이 눈을 깜박거리며, 신부가 마침내 입을 열었다.

"당신이 한 말이 다 사실이라면 예언자 양반, 당신이 할 일이라곤 앞서 말한 폴린의 유언장을 들고 가는 것뿐이군요. 난 그 불쌍한 숙녀 분이 그걸 어디에다 남겨 뒀는지 궁금합니다만."

"짐작컨대, 아마 저기 문 옆에 놓인 그녀의 책상 위에 있을 거요." 칼론이 당당하고 결백한 자세로 말할 때, 그는 하늘을 우러러 한 점 부끄러움이 없어 보였다. "그녀는 특별히 내게 말했소. 오늘 아침에 그 유서를 작성할 거라고. 나는 사실 승강기를 타고 내 방으로 올라갈 때 그녀가 그걸 작성하고 있는 걸 보았소."

"그때 그녀의 방문이 열려 있었나요?" 신부는 관심 없는 척, 책상에 깔린 매트의 가장자리를 바라보면서 물었다.

"그랬소." 칼론이 침착하게 대답했다.

"아, 그러니까 그 방문은 그때 이후로 계속 열려 있었던 거네요." 신부는 여전히 매트를 살피면서 말했다.

"여기에 유언장이 있네요." 냉랭한 표정의 조앤 양이 다소 특이한 뉘앙스를 풍기며 말했다. 그녀는 문 옆에 있는 폴린의 책상으로 가서 푸른 종이 한 장을 손에 들고 왔다. 그녀의 얼굴에는

이러한 장면이나 경우에는 어울리지 않아 보이는 심술궂은 미소
가 떠올라 있었다.

예언자 칼론은 본능적으로 초연한 자세를 유지하며 서류에서
한 발자국 떨어져 서 있었다. 숙녀의 손에서 유언장을 받아 든
것은 플랑보였다. 그는 혼자서 천천히 유언을 읽어 내려갔다. 사
실 처음에는 보통의 유언장과 같은 정중한 형식으로 시작했으
나, '내가 죽었을 때 나의 모든 재산을 물려줄 사람은' 이라는 구
절에서 갑자기 끝이 나버렸다. 그 아래로는 글씨는 없고 오로지
종이가 긁힌 흔적들만 있었다. 유산 수령인의 이름도 찾아볼 수
없었다. 플랑보는 미완성의 유언장을 신부에게 건넸다. 신부는
그것을 한번 대충 훑어본 다음 조용히 태양의 사제에게 넘겨주
었다.

유언장을 읽어 본 직후, 제사장이 치렁치렁한 예복의 끝자락
을 바닥에 끌면서 커다란 보폭으로 방을 가로질러 갔다. 그러고
는 푸른 눈알이 튀어나올 듯 조앤 스테이시를 노려보았다.

"여기다 무슨 미친 짓거리를 해놓은 거지?" 그가 부르짖었
다. "저건 폴린이 쓴 게 아니야!"

나머지 사람들은 그가 전혀 다른 목소리로 말하는 것을 듣고
깜짝 놀랐다. 그 목소리에는 양키들 특유의 날카로움이 묻어 있
었다. 훌륭한 태도와 고상한 영어는 마치 망토처럼 그에게서 떨
어져 나갔다.

"그녀의 책상에 있는 거라곤 그것밖에 없었어요." 조앤이 계속해서 악의에 가득 찬 미소를 띠면서 그에게 대들었다.

그러자 남자는 무섭게 돌변하여 불경스러운 행동들과 욕설들을 무더기로 쏟아내기 시작했다. 그의 가면이 떨어져 나간 것은 엄청난 충격이었다. 바로 이것이 그 남자의 본모습이었던 것이다.

"이것 보라니깐!" 그가 천박한 영어로 외쳤다. 그는 쉴 새 없이 욕설을 퍼붓느라 거의 숨이 멎을 지경이었다. "내가 모험가일지는 몰라도, 넌 분명히 살인자야. 그래, 신사 양반들, 여기 당신들이 궁금해 하는 살인 사건의 해답이 있어, 공중부양 따위랑은 거리가 멀지. 그 불쌍한 여자는 나에게 유리하게 유언장을 쓰고 있었어. 그런데 저 마녀 같은 여동생이 들어와서는 둘이서 펜을 붙잡고 싸우는 거야. 그러다 저 마녀가 언니를 벽 쪽으로 몰아가서는, 아래로 밀어 버린 거지. 그녀가 유언장 작성을 끝내기도 전에 말이야! 망할! 이제 보니 우린 그 수갑이 도로 필요하겠군."

"당신이 당신 입으로 말했듯이, 당신의 직원은 매우 믿음직한 젊은이죠. 맹세가 무엇인지를 아는 사람이란 말이죠. 그는 어떤 법정에 서더라도, 언니가 떨어진 시각의 오 분 전부터 십 분 동안, 내가 타이핑 약속을 잡기 위해 당신 사무실에 있었던 걸 증언해 줄 거예요. 플랑보 씨도 내가 거기 있는 걸 봤다고 말해 줄걸요." 조앤이 불쾌할 정도로 조곤조곤 침착하게 대답했다.

잠시 침묵이 흘렀다.

"그렇다면," 플랑보가 외쳤다. "폴린은 떨어질 때 혼자 있었다는 말이군요. 결국 자살을 한 것이군요!"

"그녀가 떨어질 때 혼자 있었던 건 사실이야." 브라운 신부가 말했다. "하지만 자살은 아니었지."

"그렇다면 그녀가 어떻게 죽은 거죠?" 플랑보가 못 참겠다는 듯이 물었다.

"그녀는 살해당했어."

"하지만 혼자 있었다면서요." 플랑보가 반박했다.

"그녀는 전적으로 혼자 있을 때 살해당한 거네." 신부가 대답했다.

나머지 사람들이 모두 신부를 쳐다보았다. 하지만 그는 조금 전과 마찬가지로 낙담한 태도로 앉아 있었다. 둥근 이마를 잔뜩 찌푸리고서는 참혹한 절망과 슬픔에 젖어 있었다. 그의 목소리는 힘이 하나도 없었다.

"젠장 내가 알고 싶은 건," 칼론이 욕설을 섞어 외쳤다. "언제 경찰들이 와서 저 잔인하고 사악한 여자를 잡아가느냐는 겁니다! 저 여자가 자기 피붙이인 언니를 죽였어요. 막 내 소유가 되려던 신성한 돈 50만 파운드를 빼돌렸단 말입니다!"

"자, 자, 예언자 양반," 플랑보가 냉소적인 말투로 끼어들었다. "이 모든 세상이 공허하다고 말한 건 당신이란 걸 기억하시오.”

태양신의 대변자는 필사적으로 원래의 권위를 되찾으려고 애썼다.

“그건 단순한 돈이 아니오.” 그가 외쳤다. “비록 그것이 온 세상에 우리의 교리를 전파하는 데 도움이 된다 하더라도 말이오. 그것은 또한 내 연인의 바람이기도 하죠. 폴린에게는 이 모든 일이 정말로 신성한 것이었으니까. 폴린의 눈에는…….”

그 순간, 브라운 신부가 용수철이 튀어오르듯 갑자기 자리에서 일어나는 바람에 그의 의자가 맥없이 뒤로 넘어갔다. 그의 얼굴은 죽은 사람처럼 창백했으나, 눈동자에는 새로운 희망의 빛이 불타올랐다.

“바로 그거야!” 그가 확신에 찬 목소리로 외쳤다. “그게 모든 일의 발단이었어. 폴린의 눈에는…….”

키 큰 예언자가 경악하며 작달막한 신부에게서 한 걸음 물러섰다. “그게 도대체 무슨 뜻이요? 어떻게 당신이 감히…….” 그는 그 말만 반복했다.

“폴린의 눈에는……” 신부는 더욱더 눈동자를 번쩍이며 똑같은 말을 반복했다. “말을 계속해 보시지…… 신의 이름으로, 계속 더 말해 보시오. 악마가 부추긴 가장 사악한 범죄라 하더라도 참회를 한 후에는 더욱 가벼워지는 법이니까. 난 당신이 어서 죄를 털어놓길 바라오. 계속 말해 보시오, 그래서 어떻게 된 거죠?…… 폴린의 눈에는……."

"나를 놓아 줘, 이 악마야!" 신부가 재촉하자 칼론은 사슬에 묶인 거인처럼 몸부림치며 땅이 꺼질 듯이 소리를 질렀다. "넌 도대체 누구냐? 이 저주받은 스파이 같으니, 더러운 거미줄로 내 몸을 친친 감아올리고는 호시탐탐 나를 잡아먹으려 노려보는구나! 썩 비켜라."

"제가 못 가게 막을까요?" 플랑보가 출구 쪽으로 달려가며 물었다. 하지만 칼론은 이미 문을 활짝 열고 나가 버린 후였다.

"아니 됐어. 그냥 가게 내버려 둬." 브라운 신부가 우주의 심연에서 길어 올린 것 같은 이상하고도 깊은 한숨을 내쉬며 말했다. "죄 많은 카인*이 가도록 내버려 두게나. 그도 역시 하느님이 만든 자가 아닌가."

칼론이 떠나자 방에는 한동안 길고 긴 침묵이 흘렀다. 성미 급한 플랑보에게는 심문과도 같은 고통의 시간이었다. 조앤 스테이시는 매우 냉정한 태도로 자기 책상 위에 놓인 서류들을 치우고 있었다.

"신부님." 플랑보가 마침내 입을 열었다. "이건 의무감 때문입니다, 단순히 호기심 때문이 아니라. 할 수만 있다면, 범죄를 저지른 자가 누군지를 찾아내는 건 나의 일이니까요."

<hr>

❖ 구약서 〈창세기〉에 등장하는 인물. 질투로 인해 동생 아벨을 살해했다.

"무슨 범죄 말인가?" 브라운 신부가 물었다.

"당연히, 지금 우리가 다루고 있는 범죄 말이죠." 플랑보가 성급하게 대답했다.

"우리는 지금 두 개의 범죄 사건을 다루고 있네." 브라운 신부가 말했다. "그 무게가 매우 다른 범죄들이지. 전혀 다른 범인들이 저지른."

조앤 스테이시는 자신의 서류들을 정리한 다음, 일부는 휴지통에 버리고 나머지는 서랍에 넣어 자물쇠를 채웠다. 브라운 신부는 이야기를 계속했다. 그녀가 그의 말에 개의치 않는 것만큼이나 그도 그녀에 대해 별로 의식하지 않는 분위기였다.

"그 두 개의 범죄는 자신의 재산을 지키려 애쓰는 한 인물의 나약한 성격을 두 사람이 똑같이 이용하여 저지른 것이지. 더 큰 범죄를 저지른 자는 더 작은 범죄 때문에 자신의 계획이 좌절된 것을 발견했어. 결국 작은 범죄를 저지른 자가 그 돈을 다 갖게 되었지."

"오, 그런 식의 모호한 강의는 하지 마시고, 제발 간단하게 말씀해 주세요." 플랑보가 투덜거렸다.

"난 그걸 단 한마디 말로 옮길 수 있어." 신부가 대답했다.

조앤 스테이시는 작은 거울 앞에 서서 시력이 나쁜 사람답게 눈을 찡그려 뜨고 자기 얼굴을 살펴보더니, 사무적으로 보이는 검은 모자를 머리에 눌러썼다. 여전히 브라운 신부와 플랑보의 대화가 진행되는 동안, 그녀는 전혀 서두르는 기색 없이 손가방과 우산을 챙겨 들고 방을 나갔다.

"진실은 바로 이 짧은 한마디 속에 담겨 있어." 브라운 신부가 뜸을 들였다. "폴린 스테이시는…… 장님이었던 거야."

"장님이라고요!" 플랑보가 신부의 말을 따라 하며, 벌떡 자리에서 일어났다.

"그녀는 유전적으로 장님이 되기 쉬운 체질이었지." 브라운 신부가 말했다. "그녀의 여동생도 같은 증세가 시작되었을 테고, 폴린이 말리지만 않았다면 안경을 쓰기 시작했을 테지. 하지만 사람이 안경 같은 도구에 굴복함으로써 이러한 질병을 더 부추겨서는 안 된다는 게 그녀의 특별한 철학 혹은 미신이었지. 그녀는 그 운명의 먹구름이 몰려오는 걸 인정하지 않으려 했어. 뿐만 아니라 그녀는 자신의 의지로 그것을 이겨 보려고 온갖 시도를 다 했어. 그 때문에 그녀의 눈은 나날이 더 악화되었지. 오히려 눈에 부담만 주었으니까. 그러나 가장 치명적인 시도를 하게 된 건 이 위대한 예언자를 만나면서부터였겠지. 자신을 칼론이라고 부르는 사기꾼이, 그녀에게 맨눈으로 눈부시게 불타는 태양을 바라보라고 부추겼으니까. 그것이 태양의 신 아폴로를 영접하는 행위라고 칭하면서. 오, 만약 이런 이단 종교의 교주들이 고대의 이교도들만큼만 현명했어도! 고대의 이교도들은, 단순히 있는 그대로의 자연을 숭배하는 일에는 잔인한 측면이 있다는 걸 알았으니까. 그들은 아폴로의 눈을 바라보면 안구가 파괴되어 눈이 먼다는 것 정도는 알고 있었으니까."

신부는 잠시 말을 멈추더니, 숨이 가쁜지 다소 고르지 못한 목소리로 말을 이었다.

"저 악마 같은 사내가 고의로 그녀의 눈을 멀게 했건 아니건 간에, 그녀가 장님이라는 점을 이용해 고의로 그녀를 살해하려 했던 건 의심의 여지가 없네. 그 범죄의 지극한 단순성이 정말 구역질 날 정도로 불쾌해. 자네는 그와 그녀가 다른 사람의 도움 없이 저 승강기들을 타고 오르내린 것을 알 걸세. 게다가, 저 승강기는 얼마나 부드럽고 조용하게 움직이던가. 칼론은 승강기를 작동시켜 그녀가 있는 층으로 내려간 다음, 조용히 그녀를 관찰했지. 열린 문을 통해서 그녀가 그에게 약속한 유언장을 천천히, 더듬더듬 쓰고 있는 것을 보았어. 그는 그녀에게 명랑한 목소리로 외쳤겠지, 자신이 그녀를 위해 승강기를 멈추어 두었다고. 그의 말을 믿었던 그녀는 유언장 작성을 마치고 나면 승강기를 타러 갈 작정이었지. 그렇게 말한 다음 그는 조용히 승강기의 버튼을 눌러서 자기 사무실이 있는 층으로 올라갔어. 승강기에서 내려 유유히 사무실로 걸어 들어가 예배를 드리기 위해 발코니로 나갔어. 그러고는 사람들로 붐비는 거리 위에서 안전하게 기도를 올리기 시작했지. 같은 시각에, 유언장 작성을 마친 가련한 여인은 연인과 승강기가 자기를 기다리고 있을 거라 믿고 명랑하게 승강기를 향해 달려갔지. 그러고는 한 점 의심 없이 승강기를 향해 발을 내딛은 거야."

"그만 해요!" 플랑보가 소리쳤다.

"그는 엘리베이터의 버튼을 한 번 누름으로써 50만 파운드를 거저 얻을 수 있었지. 계획대로만 되었다면." 키 작은 신부는 거기서 멈추지 않았다. 그토록 끔찍한 이야기를 하면서도 정작 그의 목소리는 담담하기만 했다.

"하지만 그 계획은 완전히 물거품이 되어 버렸어. 왜냐하면, 거기 그 돈을 노린 또 한 사람이 우연히 끼어들었거든. 그 사람 역시 폴린의 눈에 관한 비밀을 알고 있었지. 저 유언장에는 내 생각엔 아무도 눈치 채지 못한 요소가 한 가지 있어. 비록 유서는 미완성인 데다 폴린의 서명도 없었지만, 조앤과 그녀의 하인 몇 명은 이미 증인란에 서명을 해둔 상태였거든. 조앤이 언니에게 그렇게 말했겠지. 자신이 먼저 서명해 둔 후에, 폴린이 언제든 유언장을 작성할 때 서명을 마쳐도 괜찮다고. 합법적인 형식을 경멸하는 여자들 사이에서는 그게 별로 이상한 일도 아니었지. 사실상 조앤은 자기 언니가 진짜 증인들이 없는 곳에서 홀로 유언장을 작성하길 바랐어. 왜냐고? 난 폴린이 맹인이라는 사실을 생각해 내고 나서야, 조앤이 왜 그걸 원했는지를 확신할 수 있었어. 그렇게 할 경우 조앤은 폴린이 전혀 서명을 할 수 없도록 만들 수 있었으니까.

스테이시 자매들 같은 사람들은 언제나 만년필을 사용하지. 폴린이라면 특히 만년필을 선호했을 거야. 오래전부터 만년필을 사용하는 습관과 현실을 극복하려는 강한 의지 덕분에 그녀는 실제 볼 수 있을 때와 거의 비슷하게 글씨를 능숙하게 쓸 수 있었어. 다만, 자기 펜에 잉크를 채워야 하는 시기만은 알 수 없었어. 당연히, 그녀의 동생이 그녀의 만년필에 조심스럽게 잉크를 채운 거지. 동생은 언니의 만년필에서 조심스럽게 잉크를 빼냈어. 남아 있는 약간의 잉크로는 겨우 몇 줄 쓰고 나면 바닥이 날 정도로 말이야. 결국 그 예언자는 50만 파운드를 날린 줄도 모르고, 허무하게도 인류 역사상 가장 잔인하고 추악한 범죄 중 하나를 저질렀던 것이지."

플랑보는 열린 문으로 다가가서 경찰이 계단을 올라오는 소리를 들었다. 그가 신부를 돌아보면서 말했다. "신부님은 단지 십 분 만에, 모든 조사와 분석을 마치고 칼론이 범인이라는 걸 알아내신 건가요?"

브라운 신부가 움찔하는 것이 보였다.

"오! 그에 대해서는 별로 조사할 게 없었어. 내가 치밀하게 조사해야 했던 건 오히려 미스 조앤과 그 만년필에 대한 것이었어. 칼론이 범인이라는 건 이 건물의 현관문을 통과하기 전부터 알고 있었어."

"농담하시는 거죠!" 플랑보가 외쳤다.

"정말이라니까." 신부가 대답했다. "정말로, 난 그가 이미 범행을 저질렀다는 걸 알았어. 심지어 그가 무슨 짓을 했는지를 알기도 전에."

"하지만 어떻게요?"

"이런 종류의 이교도 극기주의자들은 언제나 지나친 참을성 때문에 자기가 친 함정에 걸려들기 마련이지." 브라운 신부는 처음 칼론을 보았던 순간을 떠올리며 말했다.

"거리 아래에서 굉음이 나면서 비명이 들려왔는데도, 아폴로의 사제는 조금도 놀라거나 주위를 둘러보지 않았어. 그게 무엇인지는 몰랐지만, 그가 그 사건을 미리 예견하고 있었다는 건 알수 있었지."

이르슈 박사의 결투

모리스 브룅과 아르망 아르마냑은 당당하고 활기찬 걸음걸이로 환한 대낮의 샹젤리제 거리를 건너가고 있었다. 둘 다 크지 않은 키에, 성격이 활달하고 용감한 청년들이었다. 약속이라도 한 듯 둘 다 검은 턱수염을 길렀는데, 원래 자기 수염이 아닌 것처럼 보였다. 프랑스식 유행을 따라 실제의 수염을 인공 수염처럼 보이게 손질한 까닭이었다. 브룅은 특히 아랫입술 바로 밑의 검은 수염을 역삼각형 모양으로 길렀다. 아르마냑은 좀 더 변화를 주어서, 양쪽으로 갈라진 단단한 턱 끝에서 각각 한 가닥씩 두 갈래의 턱수염을 늘어뜨리고 있었다. 둘 다 젊었고, 둘 다 무신론자로, 내면에 지닌 세계관은 확고부동하게 비관적이었지만,

겉으로 드러나는 모습은 매우 융통성이 있어 보였다. 그들은 과학자이자 정치평론가요 도덕주의자인, 위대한 이르슈 박사의 제자들이었다.

브룅은 흔한 표현인 '아듀'❖가 모든 프랑스 고전에서 삭제되어야 하며, 개인의 생활에서 그 말을 사용할 경우 약간의 벌금을 부과해야 한다는 논문을 써서 유명해졌다. '그렇게 하면, 당신이 상상으로 만들어 낸 신의 이름이 사람의 귀에서 사라지게 될 것이다' 라는 게 그의 주장이었다. 그에 비해 아르마냑은 군국주의에 대한 저항을 전문적으로 다루었다. 그는 프랑스 국가 〈라 마르세예즈〉의 후렴이 '무기를 들어라, 시민들이여' 에서 '파업을 하라, 시민들이여' 로 바뀌어야 한다고 주장했다. 그러나 그의 반군국주의는 매우 유별나고 프랑스적 색채가 강했다. 전 세계의 무장해제를 실현하기 위한 세부 예정을 협의하고자 그를 찾아왔던 어느 저명하고 부유한 영국 퀘이커교도는, 무장해제의 첫 단계로 군인들이 자기 상관들부터 총살해야 한다는 아르마냑의 주장에 몹시 실망을 하고 돌아간 적이 있다.

그리고 사실 바로 이러한 점에서 두 제자는 그들의 철학적인 지도자이자 아버지인 이르슈 박사와 달랐다. 이르슈 박사는, 비

❖ Adieu. 프랑스에서 작별의 인사로 많이 쓰이는 말로 어원적으로는 '신에게로' 란 뜻이다.

록 프랑스에서 나고 가장 훌륭한 프랑스식 교육을 받으며 자랐음에도 불구하고, 기질적으로는 프랑스인들과는 전혀 다른 유형이었다. 즉 매우 온화하고, 몽상가적이고, 인간적이었다. 게다가 무신론적인 세계관을 신봉하면서도, 어느 정도 신을 인정하는 칸트주의적인 초월론의 면모를 지니고 있었던 것이다. 간단히 말하면, 그는 프랑스인이라기보다는 독일인과 더 비슷했다. 이로 인해 제자들은 그를 매우 존경함에도 불구하고, 그가 그토록 온건한 방식으로 평화를 호소하는 자세만은 받아들이기 어려웠다. 비록 대놓고 그 불편함을 표현할 수는 없었지만 말이다. 유럽 전역에 퍼져 있는 추종자들에게, 어쨌든 폴 이르슈 박사는 과학의 성인과도 같은 존재였다. 그의 광대하고 대담한 우주론은 그의 엄숙한 삶과 무고함을 입증했다. 다소 지독한 도덕주의자의 면모가 있다 하더라도 말이다. 한마디로 그는 톨스토이와 다윈을 섞어 놓은 듯한 인물이었다. 그러나 그는 무정부주의자도 반애국주의자도 아니었다. 특히, 무장해제에 대한 그의 관점은 온건하고 점진적인 것이었다. 프랑스 정부는 다양한 화학무기를 개발하기 위해 그에게 상당히 의지하고 있었다. 그는 최근에 소리 없는 폭약을 개발하기도 했는데, 이는 정부의 세심한 보안 조치 아래에서 비밀로 이루어진 것이었다.

이르슈 박사의 집은 엘리제 궁 근처의 그림 같은 거리에 있었다. 이 거리는 무더운 여름에도 숲이 우거진 공원처럼 무성한 활

엽수로 뒤덮여 있었다. 거리에 일렬로 늘어선 밤나무들이 햇빛을 차단해서 시원한 그늘을 만들어 주었고, 길가에 자리한 커다란 카페에만 예외적으로 햇볕이 내리쬐었다. 이 카페의 바로 맞은편에 그 위대한 과학자의 집이 있었는데, 창마다 흰색과 녹색의 블라인드가 달려 있었고, 이층 창문 앞의 철제 발코니 역시 초록색으로 칠해져 있었다. 이 발코니 바로 아래에 문이 있었고, 이 문으로 들어가면 관목들과 타일들로 아름답게 장식된 안뜰이 나왔다. 그 문이 열리자 두 명의 프랑스인 제자가 활기찬 대화를 나누며 안뜰로 들어갔다.

문을 열어 준 사람은 박사의 늙은 하인 시몽이었다. 단정한 검은 양복에 안경을 썼으며, 회색 머리칼에 믿음직한 태도까지 갖춘 그의 모습은 너무나 위엄이 넘쳐서, 그가 이르슈 박사라고 해도 누구나 속을 법했다. 사실상, 그의 외모는 그의 주인보다 더 과학자의 이미지에 들어맞았다. 그에 비해 이르슈 박사는 지나치게 커다란 머리 때문에 몸이 왜소해 보여서, 마치 포크를 찔러 놓은 양파같이 우스꽝스러웠다. 위대한 정신과 의사가 처방전을 내밀듯이, 시몽은 진지한 태도로 한 통의 편지를 아르마냑에게 건넸다. 아르마냑은 프랑스인답게 성급히 봉투를 찢어서는 단숨에 편지의 내용을 읽어 내려갔다. 편지에는 아래와 같이 적혀 있었다.

난 지금 자네들과 대화하러 내려갈 수 없다네. 이 집 안에는 내가
절대 만나고 싶지 않은 남자가 있어. 그는 광적인 애국자로 뒤보스
크라는 장교인데, 지금 우리 집 계단에 앉아 있어. 그는 집 안의 모
든 방마다 들어가서 가구들을 발로 차대고 있어. 나는 지금 카페 맞
은편에 있는 내 서재 안에 문을 잠그고 앉아 있는 중이라네. 만약
자네들이 나를 사랑한다면, 그 카페에 가서 내 방이 보이도록, 바깥
쪽에 놓인 식탁에 앉아 기다려 주게나. 내가 그를 자네들에게 보내
도록 노력해 볼 테니. 난 자네들이 그의 질문에 적당히 대답해 주고
잘 달래 주길 바라네. 나는 직접 그를 만날 수가 없는 입장이라네.
만날 수도 없거니와, 그럴 생각도 없으니까.
또 하나의 드레퓌스 사건이 벌어질지도 모르지.

P. 이르슈

아르마냑은 브룅을 쳐다보았다. 브룅은 그 편지를 받아서 읽
더니 다시 아르마냑을 쳐다보았다. 둘은 의기투합하여 활기차게
길을 건넜다. 그리고 이르슈 박사가 지시한 대로 카페의 밤나무
그늘 아래, 서재를 바라볼 수 있는 작은 탁자를 하나 골라 앉았
다. 그들은 기다란 유리잔에 담긴 진녹색의 압생트 두 잔을 시켜
두었는데, 그 술은 그들이 아무 때나 어떤 날씨에든 마실 수 있
는 술이었다. 카페는 손님이 적어 한산했다. 손님이라고는 탁자
하나를 차지하고 앉아 커피를 마시는 군인 한 명과, 다른 탁자에

✝ 이르슈 박사의 결투 ✝

앉아 작은 잔에 담긴 시럽을 마시고 있는 덩치 큰 사내와 아무것도 마시지 않고 있는 신부가 전부였다.

모리스 브룅이 목소리를 가다듬은 다음 말했다. "물론 우리는 어떤 방법으로든 박사님을 도와야 해. 하지만……"

브룅이 잠시 호흡을 가다듬는 사이에 아르마냑이 말을 꺼냈다. "박사님은 그 남자를 직접 만날 수 없는 나름의 이유들이 있을지도 몰라, 그런데……"

둘 중 어느 한 사람이 말을 끝내기도 전에, 갑자기 문제의 침입자가 길 건너편 집에서 문 밖으로 쫓겨나는 모습이 분명하게 눈에 들어왔다. 아치 장식 아래의 키 작은 나뭇가지들이 일순간 흔들리는가 싶더니, 그 속에서 환영받지 못한 손님이 포탄마냥 튕겨 나왔다.

단단한 체구의 사나이는 티롤❖ 지방에서 흔히 쓰는 작은 펠트 모자를 쓰고 있었다. 그 체구는 정말로 전형적인 티롤 지역의 사람을 떠올리게 했다. 그 남자의 양쪽 어깨는 크고 넓었지만, 무릎길이의 바지 아래로 드러난 뜨개질한 양말을 신은 다리는 날씬하고 민첩해 보였다. 얼굴은 잘 익은 밤 껍질처럼 갈색으로 그을려 있었고, 불안한 듯 주위를 살피는 눈동자도 갈색이었다. 진갈색 머리칼은 모두 뒤쪽으로 빗어 넘겨 두피에 착 달라붙게 고정시켰고, 뒷머리는 짧게 깎아 올려 단단하고 각진 머리통이 고스란히 드러났다. 게다가 들소의 뿔을 연상시키는 검고 기다란 콧수염을 길렀다. 이렇게 커다란 머리는 보통 황소처럼 굵은 목에 얹혀 있는 게 정상이지만, 이 남자는 목에 커다랗고 알록달록한 스카프를 두르고 있어서 목이 얼마나 굵은지 알 수 없었다. 스카프는 남자의 귀까지 감싸고 있었고, 한쪽 끝이 재킷 안쪽으로 끼워 넣어져 일종의 장식용 조끼처럼 보였다. 스카프는 흐릿하게 바랜 색채들, 즉 검붉은색과 낡은 금색, 보라색 등이 어우러진 것으로 봐서 동양에서 들여온 직물 같았다. 전체적으로 봤을 때, 그 남자에게서는 뭔가 촌스럽고 조잡한 분위기가 풍겼다. 보통의 프랑스 장교보다는 헝가리 귀족에 가깝다고나 할까. 어쨌든 그가 쓰는 프랑스어는 분명히 프랑스인의 것이었다. 그러나 그의 프랑스식 애국주의는 너무나 충동적이어서 약간 어처구니없어 보이기까지 했다. 그는 아치길 밖으로 쫓겨나자마자 거리를 향해 다음과 같이 커다랗게 외쳤다.

"여기 다른 프랑스인 없나요?"

마치 이슬람의 성지 메카에서 기독교인을 찾는 듯한 태도로 말이다.

아르마냑과 브룅은 즉시 자리를 박차고 일어났다. 그러나 그들은 너무 늦었다. 그 소리를 들은 사람들이 거리 모퉁이들로부터 달려오고 있었고, 이미 여기저기에 작은 규모의 군중들이 모여들기 시작했다. 본능적으로 거리의 정치 선동에 익숙한 프랑스인답게, 검은 콧수염을 기른 남자는 즉시 길을 가로질러 카페의 모퉁이로 달려가더니, 길가의 탁자 위로 뛰어올랐다. 중심을 잡기 위해 밤나무 가지 하나를 붙잡고는, 군중들에게 참나무 잎사귀를 흩뿌리며 연설하던 카미유 데물랭❖처럼 큰 소리로 선동을 시작했다.

"프랑스 국민 여러분! 난 멋지게 말하는 법 같은 건 모릅니다! 하늘이 도우시기에, 감히 이렇게 말할 수 있는 겁니다! 저 더러운 국회에 있는 놈들, 말 잘하는 법을 배운 그놈들은 침묵하는 법도 배우나 보죠. 저 맞은편 집에 틀어박혀 꼼짝도 하지 않고, 스파이처럼 아무 말이 없으니 말입니다! 내가 그의 침실 문을 두드렸을 때, 그는 아무 소리도 내지 않았습니다! 그리고 지금도 한마디도 하지 않는 것 좀 보십시오. 저 건너편에서 내가 하는 소리를 다 듣고 있을 텐데도 의자에 틀어박혀 겁쟁이처럼 아무 말도 못하고 덜덜 떨고만 있으니 말입니다! 오, 그들은 웅변하는 법을 알듯이 능수능란하게 침묵할 줄도 아는군요. 명색이 정치인이라는 작자들이 말입니다! 하지만 우리처럼 연설하는 법을

❖ Camille Desmoulins(1760~1794). 프랑스 혁명기의 정치가. 1789년 7월 12일 바스티유 감옥을 공격하기 직전, 선동 연설로 민중을 자극하여 일약 유명해졌다. 자코뱅파에 속하여 반대파인 지롱드파 공격의 선봉에 섰다.

모르는 사람들이 입을 열어야 할 때가 왔습니다. 당신들은 모두 프로이센에 팔렸습니다. 지금 이 순간 그들에게 팔리고 있다고요. 바로 저 남자가 우리를 프로이센에 팔았습니다. 나는 벨포르 포병대 소속 쥘 뒤보스크 대령이오. 우리는 어제 보주 지역에서 독일인 스파이를 잡았는데, 그가 지니고 있던 쪽지를 발견했어요. 그 쪽지는 바로 지금 내가 손에 들고 있는 것입니다. 오, 그들은 모두 그걸 쉬쉬하며 비밀로 하고자 했어요. 하지만 나는 그 쪽지를 작성한 자에게 곧바로 찾아갔지요. 바로 저 집에 있는 사람 말입니다! 그게 그자의 손아귀에서 나왔으니까요. 쪽지에는 그자 이름의 첫 글자들이 서명되어 있어요. 이 속에는 새로 발명된 소리 없는 폭약의 비밀이 기록되어 있고, 그걸 발명한 사람이 바로 이르슈 박사라는 자요. 이르슈는 그 내용을 독일어로 적어두었고, 그게 바로 독일인 스파이의 호주머니에서 발견된 것이지요. 거기에는 이렇게 적혀 있어요. '폭약에 관한 제조 공식이 국방부 장관 책상의 오른쪽 서랍장 맨 위 칸에, 회색 봉투에 담긴 종이에 붉은색 잉크로 적혀 있다고 그 사람에게 전하시오. 그는 반드시 조심해야 합니다. P. H.' 라고요."

그는 속사포처럼 짧은 문장들을 마구 쏟아 냈다. 그는 분명히 미친 사람이거나 정신이 멀쩡하거나 둘 중 하나였다. 그곳에 모인 군중들은 대부분 민족주의자들이었고, 이미 시끌벅적하게 위협적인 소리를 질러 대고 있었다. 이와 마찬가지로 화가 난 소수의 지식인들, 즉 아르마냑과 브룅이 이끄는 무리의 발언은 다수의 군중들을 더욱 자극할 뿐이었다.

"만약 이게 군사 기밀이라면," 브룅이 큰 소리로 외쳤다. "왜 당신은 그걸 거리 한가운데에서 폭로하는 거죠?"

"내가 왜 이러는지를 당신에게 말해 드리지!" 소리 지르는 군중들을 내려다보며 뒤보스크 대령이 큰 소리로 대답했다.

"나는 이 작자에게 예의를 갖추어 찾아갔소. 만약 그가 이 일에 대해 어떤 해명할 거리가 있다면, 전적으로 비밀로 하고 들어 주려 했소. 그러나 그는 해명을 거절했소. 그는 나보고 카페에 있는 두 명의 이방인을 찾아가 보라고 했소. 아마 그가 고용한 하수인들이겠죠. 그는 나를 집 밖으로 내던졌지만, 나는 저 집 안으로 다시 들어갈 것이오. 내 등 뒤에 있는 파리의 시민들과 함께 말이오!"

갑자기 길가의 집들을 다 뒤흔드는 것 같은 외침이 들리며, 누군가 던진 두 개의 돌멩이 중 하나가 발코니가 달린 방의 유리창을 부수었다. 성난 대령은 한 번 더 집 안으로 뛰어 들어갔고, 그러자 안에서 곧바로 울부짖는 소리와 함께 맹렬히 비난을 퍼붓는 소리가 들렸다. 시시각각 계속해서 사람들이 모여들어 인산인해를 이루었다. 그들은 매국노의 집의 난간과 현관으로 물결치듯 밀려갔다. 이르슈 박사의 집이 거의 프랑스 혁명 당시 바스티유 감옥처럼 함락되기 일보 직전에, 갑자기 유리창이 깨진 프랑스식 창문이 열리며 이르슈 박사가 발코니로 걸어 나왔다. 잠시 동안, 성난 군중들이 절반 이상 실소를 터뜨렸다. 이처럼 심각한 상황에 어울리지 않게 그의 모습이 너무나 우스꽝스러웠기 때문이다. 기다랗게 드러난 목과 좁고 축 처진 어깨는 샴페인 병을 연상케 했지만, 그래도 다른 것에 비하면 그나마 괜찮은 편이었다. 코트는 옷걸이에 걸린 듯 볼품이 없었고, 길게 기른 홍당무빛 머리칼은 제멋대로 자라 있었다. 볼과 턱은 입으로부터 멀찌감치 자라난 지저분한 턱수염들로 뒤덮여 있었다. 게다가 몹시 창백한 안색에, 푸른색 안경까지 쓰고 있었다.

그는 잔뜩 화가 난 얼굴이었지만, 단호하고 절제된 어투로 말을 시작했다. 그래서인지 그가 세 번째 문장을 말할 때쯤 군중들은 이미 진정이 되었다.

"……지금 여러분에게 오로지 두 가지만 말씀드리겠습니다. 첫 번째는 나의 적에게, 두 번째는 나의 친구들에게. 먼저 적들에게 말씀드립니다만, 제가 뒤보스크를 만나지 않으려 하는 건 사실입니다. 비록 지금 바로 이 방 바깥에서 시끄럽게 난동을 부리고 있습니다만. 제가 다른 두 청년에게 나 대신 그를 만나 달라고 부탁한 것도 사실입니다. 그 이유를 지금 여러분에게 말씀드리겠습니다! 왜냐하면 나는 그를 만나지도 않을 것이고, 그를 만나서도 안 되기 때문입니다. 왜냐하면 그를 만난다는 건 모든 위엄과 명예의 법칙에 위배되는 일이니까요. 내가 법정에서 당당하게 나가서 나의 결백을 밝힐 것이므로, 그는 신사 대 신사로서 나를 지금 가만히 내버려 두어야 합니다. 그래서 우리 사이를 중재할 사람이 필요하다고 판단하고 그를 내 제자들에게 보낸 것입니다. 나는 여기서 전적으로……."

아르마냑과 브룅이 모자를 벗어 들어 거칠게 흔들고 있었고, 심지어 박사의 적들도 이 예상치 못한 도전장에 우레와 같은 박수를 퍼부었다. 박사의 몇 마디 말들은 박수 소리에 가려 들리지 않았지만, 제자들은 그가 이렇게 말하는 것을 들을 수 있었다.

"이번엔 내 친구들에게 드리는 말씀입니다. 나라는 인간은 언제나 순수하게 지성적인 방법으로 싸우는 것을 선호하고, 문명인이라면 반드시 그래야 한다고 봅니다. 그러나 우리가 지닌 가장 소중한 것은 진실이고, 진실이야말로 이 세상을 이루는 근본적인 힘입니다. 내 책들은 성공적이었습니다. 지금껏 나의 이론들에서 오류를 찾아낸 사람은 아무도 없었습니다. 하지만 나는 정치적으로는 프랑스인들의 몸에 깊이 배인 편견들 때문에 고통을 당하고 있어요. 나는 클레망소❖나 데룰레드❖❖처럼 연설하는 법은 모릅니다. 왜냐하면 그들의 말들은 그들의 권총 소리 만큼이나 빠르니까요. 프랑스인이 결투를 하려는 자들에게 요구 하는 것은 영국인들이 스포츠맨에게 요구하는 것과 맞먹지요. 아무튼, 저는 저의 결백을 증명할 근거를 제시할 겁니다. 저는 이 조잡한 미끼를 던진 자를 응징하고, 그런 다음 내가 평생 동 안 해온 일거리로 돌아갈 겁니다."

잠시 후에 뒤보스크 대령이 만족한 얼굴로 집 밖으로 나오자, 군중 속에 있던 두 남자가 그에게 다가가 자발적으로 도움을 제 안했다. 한 명은 카페에서 커피를 마시던 평범한 군인이었다. 그 는 간단하게 말했다. "제가 대령님을 돕겠습니다. 저는 발로뉴 공작입니다." 또 다른 한 명은 키가 큰 남자였다. 그의 성직자 친 구가 그를 말리자, 친구를 까페에 떼어 놓고 혼자 걸어 나온 것 이다.

샤를마뉴 카페의 뒷마당에는, 초저녁부터 간단한 식사가 차 려졌다. 유리나 금박을 입힌 석고 지붕 같은 건 없었지만, 손님 들은 거의 모두가 섬세한 나뭇가지와 나뭇잎들이 불규칙적으로 만들어 낸 쾌적한 그늘 아래에 앉아 있었다. 이 나무들은 카페를 작은 식물원처럼 바꾸어 놓았고, 햇빛을 완전히 가리지도 않으 면서 적당히 시원한 그늘을 제공했다. 중앙의 식탁 중 하나에 매 우 땅딸막해 보이는 성직자가 홀로 앉아 엄숙한 자세로 뱅어 요 리를 먹고 있었다. 그의 일상은 매우 평범했으나, 가끔씩 이렇게 혼자만의 사치를 즐기는 독특한 취향이 있었다. 그는 금욕적인 미식가라 할 만했다. 그는 자신의 둥근 접시에서 눈을 떼지 않았는데, 접시에는 붉은 고추와 레몬, 갈색 빵과 버터 등이 나란히 놓여 있었다. 그때 어디선가 나타난 기다란 그림자가 탁자를 덮더니, 그의 친구 플랑보가 맞은편 자리에 앉았다. 플랑보는 우울해 보였다.

"전 아무래도 이 일에서 손을 떼야 할 것 같아요." 플랑보가 심각하게 말했다. "저는 전적으로 뒤보스크 같은 프랑스 군인 편이고, 이르슈 박사와 같은 프랑스 무신론자에게 전적으로 반대합니다. 하지만 이번 경우에는 아무래도 우리가 뭔가 실수를 저지른 것 같아요. 공작과 저는 그 사건을 조사하기로 결심했고, 결과적으로 그렇게 한 건 정말 잘한 일이라고 말할 수 있어요."

"그렇다면 그 쪽지가 위조된 것이란 말인가?" 신부가 물었다.

"그렇다기보다는, 뭔가 이상한 구석이 있어요. 그건 분명히 이르슈 박사가 쓴 게 맞는 것 같아요. 그리고 아무도 그 속에서 어떤 결점도 지적할 수 없어요. 하지만 그건 이르슈 박사가 쓴 것이 아니기도 해요. 만약 이르슈 박사가 프랑스 애국자라면 그는 그것을 쓰지 않았을 거예요. 왜냐하면 그 쪽지를 작성할 경우 독일에 정보를 주는 셈이 되니까요. 반대로 박사가 독일 스파이라 하더라도, 그는 역시 그걸 쓸 수 없었을 거예요. 왜냐하면 그 쪽지는 독일에 아무런 정보도 주지 않고 있으니까요."

"자네 말은 그 정보가 틀렸다는 건가?" 브라운 신부가 물었다.

"이르슈 박사의 비밀 폭약 제조 공식이 담긴 서류를 숨겨 놓은 장소가 사실과 달랐어요. 이르슈 박사와 관계당국에 부탁해서, 공작과 제가 실제로 이르슈 박사의 서류가 보관되어 있다는 국방부의 비밀 서랍을 조사하도록 허락받았거든요. 우리는 그 서류가 있는 곳을 아는 유일한 사람들이지요. 그 서류에 담긴 폭약 제조법의 발명자 본인과 국방부 장관을 제외하고는 말이죠. 장관이 우리에게 그곳을 조사하도록 허가한 건, 이르슈 박사를 결투에서 구하기 위해서였어요. 그 서랍을 조사한 후 우리는 정말로 더 이상 뒤보스크 대령을 지지할 수는 없을 것 같아요. 만약 그의 폭로가 근거 없는 인신공격에 불과한 것이라면요."

"그런데 실제로 그랬다는 건가?" 신부가 물었다.

"정말 그랬다니까요." 플랑보는 다소 침울한 목소리로 대답했다. "뒤보스크가 폭로한 쪽지는, 그 정보가 정말로 어디에 숨겨져 있는지를 전혀 모르는 누군가가 서툴게 위조한 것이 분명했어요. 쪽지에는 비밀 서류가 국방부 장관 책상의 오른쪽 서랍장 맨 위 칸에 들어 있다고 했지요. 그러나 사실 그 서랍장은 책상의 왼편에 있었어요. 그 쪽지에서는 회색 봉투에 붉은 잉크로 적힌 기다란 서류가 들어 있다고 했는데, 확인해 보니 그건 보통의 검은 잉크로 적혀 있었어요. 이르슈 박사 본인을 제외하고는 아무도 모르는 비밀 서류에 관해 말하면서 이르슈 박사가 그런 실수를 했다는 건 어불성설이죠. 실수한 게 아니라면 외국의 스파이가 엉뚱한 서랍을 더듬거리게 만들려고 그렇게 적었다는 이야기가 되는데…… 내 생각엔 우리는 어서 이 일에서 손을 떼고 저 늙어 빠진 홍당무 머리 박사에게 사과해야 할 것 같아요."

브라운 신부는 한동안 생각에 빠져 말이 없더니, 포크로 작은 뱅어 한 마리를 집어 올리며 물었다. "분명히 회색 봉투가 왼쪽 서랍장 안에 들어 있었단 말이지?"

"그랬다니까요. 회색 봉투도 실제로는 회색이 아니라 흰색 봉투였지만요……."

신부가 작은 생선이 꽂힌 포크를 내려놓으며 상대를 빤히 쳐다보았다. "뭐라고?" 그의 목소리가 전혀 달라져 있었다.

"왜요, 뭐가 잘못됐나요?" 플랑보가 맹렬한 속도로 음식을 먹으면서 되물었다.

"그게 회색이 아니었단 말이지!" 신부가 말했다. "플랑보, 자네가 날 놀라게 하는군."

"도대체 뭐가 그렇게 놀랍다는 거죠?"

"그게 흰색 봉투였다는 말을 들으니 갑자기 소름이 끼치는군." 신부가 자못 심각한 투로 말했다. "그게 그냥 회색이었더라면 놀라지 않았겠지! 저런, 그건 회색 봉투였으면 더 좋았을 텐데. 하지만 그게 흰색이었다면, 이 사건 전체가 다시 미궁에 빠져들게 돼. 박사는 결국 폭약을 가지고 노는 아이처럼 무모한 장난을 하고 있는 거야."

"하지만 그가 이런 글을 직접 썼을 리는 없어요!" 플랑보가 흥분해서 외쳤다. "그 문서의 기록은 사실과 완전히 달랐으니까요. 그가 무죄든 유죄든 간에, 이르슈 박사는 그 정보에 대해서는 정확히 알고 있었잖아요."

"그 글을 쓴 사람도 기밀 정보에 관해 훤히 알고 있었지." 신부가 냉정하게 말했다. "그 정보에 대해 모조리 알고 있지 않다면 그토록 철저하게 모든 것을 틀리게 쓸 수는 없는 법이야. 어떤 주제에 대해 완전히 틀리게 말하려면 그 이상으로 엄청나게 많이 알고 있어야만 해…… 마치 악마처럼 말이야."

"지금 도대체 무슨 말씀을 하시는 건지……?"

"내 말은, 우연히 거짓말을 꾸며 낸 사람이라면 일부는 사실로 말했을 거라는 거지." 신부가 이번에도 단호하게 말했다.

"누군가가 자네에게 편지를 보냈는데, 거기에 자네가 찾아갈 집에 대해 적어 두었다고 해보세. 녹색 문에 파란색 블라인드가 달려 있고, 앞뜰은 있지만 뒤뜰은 없고, 개는 있지만 고양이는 없는, 커피는 마시지만 차는 마시지 않는 집이라고. 자네가 만약 이런 집을 찾지 못한다면 자네는 그 내용이 모조리 가짜로 꾸며 낸 거라고 할지도 모르지. 하지만 난 그렇게 생각지 않아. 자네가 만약 파란색 문에 녹색 블라인드가 달리고, 뒤뜰은 있지만 앞뜰은 없으며, 고양이들은 흔하지만 개는 보이는 즉시 총으로 쏴 버리며, 차는 얼마든지 마실 수 있지만 커피는 금지된 집을 찾는 다면, 자네는 바로 그 집을 찾았다는 걸 알게 될 걸세. 그 사람은 그 집에 관한 기록이 그렇게 실제와 정확히 반대라는 걸 알았던 게 틀림없어."

"하지만 그게 말이나 되는 소리라고 생각하세요?" 플랑보가 대들 듯이 물었다.

"나도 잘 모르겠어." 신부가 말했다. "사실 나도 이번 이르슈 박사의 사건은 전혀 이해할 수가 없어. 기밀 정보가 담긴 봉투는 오른쪽 서랍이 아니라 왼쪽 서랍에서 발견되었지만, 글씨는 뒤 보스크가 보여 준 문서에 적힌 대로 붉은 잉크로 기록되어 있었 다면, 나도 자네 말대로 누군가 다른 사람이 문서를 위조하다가 큰 실수를 저지른 것이 틀림없다고 생각했을 거야. 그러나 3이라 는 숫자는 신비로운 숫자야. 그것은 완결적이지. 그 숫자가 이 사건을 종결지어 주네. 서랍의 방향, 잉크 색깔, 봉투의 색깔이 라는 세 가지 요소. 그들 중 어느 하나도 사실과 일치하는 게 없 다는 것, 그건 우연의 일치일 수 없지. 그건 절대 우연이 아니었 어."

"그렇다면 그건 뭐였죠? 이르슈 박사가 반역을 도모한 건가 요?" 플랑보가 다시 식사를 시작하면서 물었다.

"나도 모르긴 자네와 마찬가지야." 브라운 신부도 어리둥절한 기색이었다. "내가 생각해 낼 수 있는 유일한 한 가지는……
뭐랄까, 난 사실 한 번도 드레퓌스 사건을 제대로 이해할 수가
없었어. 나는 항상 다른 종류의 증거들보다는 도덕적인 증거에
강한 편이거든. 나는 사람의 눈빛과 목소리를 통해 많은 것을 판
단해. 그 사람의 가족들이 행복해 보이는지, 그가 어떤 이야기
주제를 선택하는지, 혹은 어떤 주제를 회피하는지를 유심히 보
는 거지. 솔직히 말하자면, 나는 드레퓌스 사건을 보고 많이 당
황했어. 양쪽 다 서로 상대편에게 죄를 전가한 일들 때문이 아니
라, 이렇게 말하는 게 현대인답지 못하긴 하지만, 경우에 따라서
는 가장 고매한 인격을 지닌 자도 극악무도한 행동을 할 수 있다
는 걸 내가 알고 있기 때문이었어. 내가 놀란 진짜 이유는 양쪽
정당이 보여 준 정직성 때문이었어. 내가 말하는 건 정치적인 의
미에서의 정당들이 아니야. 실제로 정당을 구성하는 평의원들을
따로 떼어 놓고 보면 대개 다 정직한 사람들이고, 그래서 오히려
자주 기만당하지. 내 말은 진실이 아닌 것을 진실처럼 연기한 사
람들을 말하는 거야. 즉, 군대가 정말 공모자들이었다면, 드레퓌
스가 매국노라는 식으로 음모를 꾸미고 그것을 진실처럼 밀고
나간 군대를 말하는 거야. 반대로 드레퓌스가 정말 매국노였다
면, 매국노로서 반역 행동을 하고도 무고한 척 행동한 드레퓌스
를 말하는 거야. 내 말은 진실을 분명히 알고 있으면서도 정반대
로 행동했을 사람들을 말하지. 드레퓌스는 자신이 무고하게 누

명을 쓰고 있는 사람인 것처럼 행동했고, 프랑스 정치인들과 군인들은 드레퓌스가 누명을 쓴 사람이 아니라 단순히 나쁜 사람인 것처럼 내몰았지. 그들 행동의 잘잘못을 판단하자는 게 아니야. 내 말은, 그들이 마치 자신들이 절대적으로 옳은 것처럼 행동했다는 뜻이지. 나도 이 일들을 제대로 설명할 방법을 모르겠어. 하지만 난 내가 무슨 말을 하고 싶은 건지는 알고 있어.”

“저도 제발 그랬으면 좋겠네요. 그런데 그 사건이 도대체 늙은 이르슈 박사와 무슨 상관이 있는 거죠?” 플랑보가 강한 호기심을 드러냈다.

“모든 사람의 선망과 신임을 받는 자리에 오른 사람이 있어. 그런데 그가 언젠가부터 적에게 정보를 주기 시작했다고 가정해 봐. 그렇게 하는 이유는 그것이 거짓 정보이기 때문이지. 즉, 애국자인 그는 자신이 외국인들에게 거짓 정보를 흘림으로써 자기 나라를 구하고 있다고 생각하는 거야. 그러나 이로 인해 점차 국제적인 스파이 단체에 발을 들이게 되고, 거기서 약간의 빚을 지게 되고, 빚 때문에 어쩔 수 없이 협박을 당하게 되는 거지. 궁지에 몰린 그는 외국의 스파이들에게 절대로 진실을 말하지는 않지만, 그들이 점점 더 쉽게 추측할 수 있도록 변형된 정보를 제공하는 거야. 이렇게 고도로 분열되고 혼란스러운 방식을 이용하면 어떻게든 자신의 자리를 계속 유지할 수 있을 테니까. 그의 양심적인 반면은 그에게 이렇게 속삭이겠지. ‘내가 적을 도운 건 아니야. 난 그게 오른쪽 서랍이라고 말했으니까' 라고. 한편 그의 비열한 반면은 벌써부터 이렇게 주장하고 있을 거야. '하지만 그들은 그게 사실상 왼쪽을 의미한다는 걸 간파했을지도 모르지' 라고. 나는 그게 심리학적으로 가능하다고 생각해. 자네도 알겠지만, 지금같이 문명화되고 분열된 시대에는 말이야."

"심리적으로 가능할지도 모르죠." 플랑보는 납득이 가는 듯 고개를 끄덕였다.

"그리고, 그 이론은 드레퓌스가 자신의 무고함을 확신했음에도, 판사들이 그에게 유죄 판결을 내린 상황을 틀림없이 설명할 수 있겠죠. 하지만 드레퓌스의 문서들에는, 만약 그게 그가 작성한 문서가 맞다면, 정확한 사실이 기록되어 있었지요."

"난 드레퓌스를 생각하고 있는 게 아니야." 브라운 신부가 정색을 하고 말했다.

주변의 탁자들은 모두 텅 비어 있었고, 카페 안은 지극히 고요했다. 이미 늦은 시각이었다. 우연히 나뭇가지들 속에 갇혀 버린 듯한 태양은 여전히 모든 것을 비추고 있었지만 말이다. 플랑보가 뒤로 물러나 앉으며 등받이에 팔꿈치를 걸쳤다. 의자가 요란하게 바닥을 긁는 소리가 카페의 정적을 뒤흔들어 놓았다. 플랑보는 다소 격앙된 목소리로 말했다.

"그렇다면, 만약 이르슈 박사가 결단력이 부족한 매국노에 불과하다면……"

✝ 이르슈 박사의 결투 ✝

"그들에 대해 너무 냉혹하게 판단해서는 안 되네." 브라운 신부가 부드럽게 타일렀다.

"그건 전적으로 그들의 잘못만은 아니니까. 그들은 참된 직관이 없었던 거지. 그러니까 내 말은, 여자들이 어떤 남자와는 춤추기를 거부하거나 남자들이 특정한 투자에 손대는 것을 망설이는 식의 직관을 말하지. 그들은 그게 모두 정도의 문제라고 배워 왔어. 한마디로 적당한 선에서 멈출 줄 아는 능력이지."

"아무튼, 이르슈 박사도 존경할 만한 사람은 아니라는 말이군요. 저는 이번 사건을 철저히 조사하고 말 겁니다. 늙은 뒤보스크가 다소 미친 사람 같긴 해도, 결국 그가 애국자니까요." 플랑보가 참지 못하고 외쳤다.

브라운 신부는 잠자코 다시 뱅어를 먹기 시작했다.

그러나 음식을 먹던 신부가 뭔가 생각난 듯 멍한 표정을 짓자 플랑보는 호기심을 이길 수 없었다. 그의 날카로운 검은 눈동자가 신부의 얼굴을 흥미롭게 탐색하기 시작했다.

"무슨 생각이 떠오르신 거죠?" 플랑보가 참을성 없이 보챘다. "뒤보스크의 행동에는 문제가 없는 거죠? 설마 그를 의심하는 건 아니죠?"

"이보게 친구." 키 작은 신부는 냉정하게 절망감을 드러내며 나이프와 포크를 내려놓았다. "사실 난 모든 것이 다 의심스러워. 내가 말하는 모든 것이란, 오늘 일어난 모든 것을 뜻해. 난 이번 사건에서 목격한 것들을 하나도 믿을 수가 없어. 비록 그 일이 바로 내 눈앞에서 벌어진 것이긴 해도 말이야. 나는 이제 내 눈을 의심할 지경이야. 이 사건은 평범한 경찰들이 풀어내는 범죄 사건들의 수수께끼와는 전혀 달라. 한 남자가 죽어서 누워 있고, 다른 남자가 진실을 고백한다는 식의 뻔한 이야기들과는 다르다는 거지. 여기 있는 두 남자는 모두…… 거참! 난 누구라도 만족시킬 수 있는 유일한 이론을 생각해 내서 자네에게 말해 주었지. 하지만 난 이것만으로는 만족할 수가 없네."

"저도 아직은 만족할 수가 없네요." 다시 생선 요리를 먹기 시작한 신부를 보며, 플랑보가 잔뜩 인상을 쓰며 말했다. "그러니까 신부님 말씀을 해석하자면, 결국 그 메시지가 의도적으로 사실과 정반대의 내용을 담고 있다는 건데, 만일 그게 사실이라면 그건 정말 교활한 행동인 것 같아요. 신부님 생각은 어때요?"

"속이 뻔히 들여다보이는 천박한 짓이지." 신부는 망설이지 않고 대답했다.

"절대 해서는 안 될 경박한 짓이라고 생각해. 하지만 그거야말로 이 사건의 백미라고 할 수 있지. 그런 거짓말은 꼭 초등학생이 지어낸 것 같아. 그래서 더 이상해. 이 사건은 전혀 다른 세 가지 관점에서 해석될 수 있어. 뒤보스크의 관점, 이르슈 박사의 관점, 그리고 나의 공상. 저 기록은 프랑스 관료를 파멸시키기 위해 프랑스 장교가 쓴 것이거나, 독일 장교들을 돕기 위해 프랑스 관료가 쓴 것이거나, 아니면 독일 장교들을 혼란에 빠뜨리기 위해 프랑스 관료가 쓴 것이거나 그 셋 중 하나겠지. 이렇게 정리를 하고 보니 한결 낫군. 자네는 이런 사람들, 가령 관료들이나 장교들 사이에 비밀스러운 문서가 전해진다면 그 문서의 형식이 자네가 익숙하게 보던 것들과는 많이 다를 거라고 예상할 거야. 예를 들자면 암호라든가, 약어를 쓴다든가 하는 식으로. 그렇지 않더라도 분명히 일반인들이 알아볼 수 없는 과학 용어나 그들만의 어려운 전문 용어로 적혀 있을 거라고 상상하겠지. 하지만 이번 문건은 너무나 단순했어. 싸구려 도색잡지 같다고나 할까. '작은 보라색 동굴 속에서 황금 상자를 발견할 것이다' 라는 식의 문장처럼 말이야. 그건 무엇과 비슷해 보이냐 하면 마치…… 쉽게 알아볼 수 있게 하려고 일부러 그렇게 쓴 것만 같아."

브라운 신부가 결론을 내리려는 순간, 프랑스 군복을 입은 키 작은 인물 하나가 바람처럼 식탁으로 다가오더니 의자에 털썩 주저앉았다.

"말도 안 되는 소식이 있어요." 발로뉴 공작이 말했다. "저는 방금 뒤보스크 대령을 만나고 오는 길입니다. 그는 이 나라를 떠나려고 짐을 싸고 있어요. 결투를 취소하는 것에 대해 우리보고 대신 사과를 해달라고 부탁했어요."

"뭐라고요?" 플랑보가 깜짝 놀라며 강한 불신을 드러냈다. "게다가 사과까지 해달라고요?"

"그랬다니까요." 공작이 퉁명스럽게 대답했다.

"결투를 보기 위해 몰려온 사람들 앞에서, 이르슈 박사가 막 칼을 뽑아 결투를 시작하려는 그때에, 당신과 내가 뒤보스크 대령의 말을 전하며 사과를 해달라는 겁니다. 자기가 이 나라를 떠나고 있을 동안에 말입니다."

"하지만 이게 도대체 무슨 일이랍니까? 그가 이르슈 박사 같은 약골을 두려워할 리가 없잖아요! 말도 안 돼, 제기랄! 어린애라도 이르슈 박사를 이길 수 있을걸요." 플랑보는 화가 나서 버럭버럭 소리를 질렀다.

"틀림없이 뭔가 있어요! 유대인들과 프리메이슨들의 음모일 수도 있고. 그렇게 해서 이르슈 박사의 실추된 명예를 회복하려는 것이거나……." 발로뉴 공작도 호통을 치며 맞불을 질렀다.

브라운 신부의 얼굴은 무표정했지만, 뭔가 만족한 빛이 떠올랐다. 그는 뭔가를 알아냈을 때나, 모르고 있을 때나 표정에 변화가 없었다. 하지만 그 바보 같은 가면이 떨어질 때면 항상 섬광과 같은 번득임과 함께 현자의 얼굴이 본모습을 드러냈다. 신부가 어떤 인물인지를 잘 알고 있는 플랑보는 자기 친구가 이 순간 뭔가 단서를 잡았다는 것을 눈치챘다. 브라운 신부는 한마디도 하지 않고, 묵묵히 생선 접시만 깨끗이 비웠다.

"우리의 귀하신 대령 나리를 마지막으로 본 게 어디에서였죠?" 플랑보가 여전히 씩씩거리며 물었다.

✝ 이르슈 박사의 결투 ✝

"그는 엘리제 궁 옆에 있는 생루이 호텔에 묵고 있어요. 우리가 그와 함께 차를 타고 갔던 곳이죠. 지금 거기서 짐을 꾸리고 있을걸요."

"대령이 아직도 거기 있을까요?" 플랑보가 애꿎은 식탁을 노려보며 물었다.

"벌써 떠나지는 못했을걸요. 꽤 오랫동안 떠나 있을 채비를 하고 있으니까요." 공작이 대답했다.

"그게 아니죠." 브라운 신부가 단언하며 갑자기 자리에서 일어섰다. "반대로 아주 짧은 여행일 테죠. 사실상 세상에서 그렇게 짧은 여행도 없을걸요. 하지만 우리가 택시를 탄다면 지금이라도 그를 따라잡을 수 있을지 모르겠어요."

택시가 생루이 호텔 옆 길모퉁이에 도착해서 모두 차에서 내릴 때까지 브라운 신부는 한마디도 하지 않았다. 세 사람은 황혼의 그늘이 깊숙이 드리운 길을 걸어갔다. 공작이 더 이상 참지 못하고 신부에게 물었다. "이르슈 박사가 정말로 반역죄를 저지른 걸까요, 아닐까요?"

신부는 먼 산의 불을 보듯 담담하게 대답했다. "엄밀히 말하면 반역죄는 아니겠지요. 다만 야망이 너무 컸던 거죠, 카이사르처럼." 그러고는 대뜸 이런 말을 덧붙였다. "그는 아주 외로운 사람이었어요. 그래서 모든 일을 다 혼자서 해야만 했겠지요."

"글쎄요, 만약 그가 야심가라면, 지금쯤 꽤 기뻐하고 있겠네요." 플랑보가 냉소적으로 말했다. "우리의 빌어먹을 대령이 꼬리를 내렸으니, 모든 파리 시민들이 박사에게 환호를 보낼 것 아닙니까."

"그렇게 큰 소리로 말하지 말게." 브라운 신부가 목소리를 낮추어 말했다. "자네의 그 빌어먹을 대령이 바로 앞에 있으니까."

다른 두 사람은 움찔하여 벽의 그늘 속으로 몸을 숨겼다. 과연 단단한 체구의 대령이 양손에 무거운 가방을 들고서 발을 질질 끌며 걸어가는 것이 보였다. 별난 등산용 반바지 대신 평범한 바지를 입은 점 말고는 처음 보았을 때와 똑같았다. 이미 호텔을 빠져나와 도망치고 있는 것이 분명했다.

그들이 대령을 따라 내려간 길은 어떤 건물들의 후미진 곳이었고, 꼭 무대의 뒤편 같은 분위기를 풍겼다. 회색 담들이 내리막 길을 따라 끝없이 이어져 있었고, 가끔씩 먼지가 잔뜩 낀 우중충한 빛깔의 문들이 나타났다. 그 문들은 모두 단단히 잠겨 있었고, 간혹 보이는 개구쟁이들의 낙서 말고는 별다른 특징이 없었다. 담벼락 위로 칙칙한 빛깔의 상록수들이 드문드문 고개를 내밀고 있었다. 그 나무들 너머로 잿빛과 자줏빛의 황혼에 잠긴, 높다랗게 지어진 파리풍 주택의 기다란 테라스 뒤편을 들여다볼 수 있었다. 그 집은 담에서 비교적 가까운 곳에 있었지만, 신비로운 산맥만큼이나 접근하기 어려워 보였다. 길의 반대편에는 높다랗게 금박이 입혀진 철책 사이로 저물어 가는 공원이 보였다.

플랑보는 의심 가득한 눈초리로 주위를 둘러보고 있었다. "그거 아세요?" 그가 말했다. "이 장소에는 뭔가 이상한 점이 있어요."

"앗, 저것 봐요!" 공작이 날카롭게 소리쳤다. "저 친구가 갑자기 사라져 버렸어요. 요술이라도 부리듯이!"

"그는 열쇠를 가지고 있어요." 신부가 설명하듯 말했다. "그는 다만 이 문들 중 하나를 열고 안으로 들어간 것뿐이죠." 신부가 설명을 마치기도 전에, 문 하나가 끼익 소리를 냈다.

플랑보가 그 문으로 성큼성큼 다가갔으나 문은 그의 면전에서 닫히고 말았다. 그는 한동안 문 앞에 서서, 호기심과 분노를 가라앉히느라 콧수염을 잘근잘근 씹었다. 그러다 갑자기 긴 팔을 위로 뻗어 원숭이처럼 공중으로 뛰어올랐다. 담장 위에 선 그의 거대한 몸집은 자줏빛 하늘을 배경으로 커다랗게 솟은 나무처럼 보였다.

공작이 신부를 쳐다보며 말했다. "뒤보스크의 탈출은 우리가 생각했던 것보다 훨씬 더 용의주도하군요. 어쨌든 그는 프랑스를 떠나는 게 최종 목표인 것 같아요."

"프랑스뿐만 아니라 모든 곳에서 탈출하려는 거죠." 브라운 신부가 대답했다.

발로뉴 공작은 눈을 반짝이며 낮은 목소리로 물었다. "그가 자살이라도 할 거라는 말입니까?"

"공작님은 어디서도 그의 시체를 찾을 수 없을걸요." 신부가 대답했다.

바로 그때 담장 위에 서 있던 플랑보가 놀라서 소리를 질렀다. "세상에나!" 그가 프랑스어로 외쳤다. "이 장소가 어디인지를 이제야 알겠어요! 여긴 늙은 이르슈 박사가 사는 집의 바로 뒷길이었어요. 저는 사람의 뒷모습을 보고 누군지 알아보듯이, 집 뒤쪽만 봐도 그 집이 누구의 집인지 알아볼 수 있거든요."

"그런데 뒤보스크가 바로 그쪽으로 사라졌다니!" 공작이 무릎을 치면서 외쳤다. "그러니까 결국 저 두 사람이 만나겠군요!" 공작이 갑자기 프랑스 사람 특유의 쾌활함을 되찾아 담장 위로 뛰어올랐다. 플랑보 옆에 앉아 다리를 내려뜨리고 앉아서는 흥분을 참지 못해 벽을 툭툭 찼다. 신부만 혼자 아래쪽에 남아 있었다. 그는 모든 사건이 진행되고 있을 극장을 외면한 채, 담벼락에 몸을 기대고 생각에 잠겨 있었다. 석양빛이 맞은편 공원의 나무들을 대낮처럼 환하게 밝히고 있었다.

공작은 잔뜩 흥분했으나, 이런 순간에도 귀족답게 행동하고자 했다. 즉, 몰래 엿보기보다는 발각당해도 좋으니 당당하게 쳐다보기를 원했다. 그러나 플랑보는 달랐다. 도둑과 탐정의 본능을 동시에 지닌 그는 담장에서 무질서하게 뻗은 나뭇가지 위로 뛰어내린 다음, 높고 어두운 건물 뒤편의 유일하게 불이 켜진 창문 근처까지 기어갈 수 있었다. 불이 켜진 창문에는 붉은색 블라인드가 내려져 있었지만, 다행히 한쪽이 비스듬하게 당겨져 있어서 벌어진 틈으로 안을 들여다볼 수가 있었다. 금방이라도 부러질 것처럼 불안해 보이는 가지를 밟고 서서 최대한 목을 내민 플랑보의 눈에, 뒤보스크 대령이 환하게 불이 밝혀진 화려한 침실로 걸어 들어가는 것이 보였다. 그 자리에서도 담장 위에 앉아 있는 동료의 말을 들을 수 있었던 플랑보는, 똑같은 말을 반복했다.

"맞아요, 그들이 곧 만나겠네요!"

"그들은 결코 만나지 못할걸." 담장 아래에서 브라운 신부가 말했다. "이르슈 박사가 옳았어. 자기는 절대 뒤보스크를 직접 만날 수 없다고 말했지. 그러려면 차라리 중재자가 필요하다고. 자네, 헨리 제임스가 쓴 괴상한 심리소설 읽어 본 적 있나? 서로 만나려고만 하면 우연한 사건이 터져 만나지 못하는 두 사람에 관한 이야기인데, 그런 일이 자꾸만 반복되자 어느 시점부터 서로를 매우 두렵게 여기기 시작하다가, 결국 만나지 못하는 게 운명이라고 생각하고 만남 자체를 포기하게 되지. 이번 사건도 그런 종류와 비슷해. 하지만 그 이상의 궁금증을 자극하는 구석이 있지."

"파리에는 그런 사람들의 병적인 망상을 치료해 줄 사람들이 많이 있어요." 발로뉴 공작이 도전적으로 말했다. "만약 우리가 그들을 붙잡아서 억지로 만나게 한다면, 그들은 만나기 싫어도 기꺼이 만날 수밖에 없을걸요."

“그들은 최후의 심판의 날이 와도 만나지 못할걸요.” 신부가 말했다. “설령 전지전능한 하느님이 결투장을 들고 계시고, 미카엘 대천사가 결투의 시작을 알리는 트럼펫을 분다고 해도…… 그 둘 중 하나가 그 자리에 나와 싸울 준비를 하고 있다면, 다른 한쪽은 절대 나타나지 않을 겁니다.”

“오, 도대체 이 신비주의는 다 뭐란 말입니까?” 발로뉴 공작이 참지 못하고 울분을 터뜨렸다. “왜 그들은 하늘이 무너진대도 만날 수가 없다는 겁니까?”

“그들은 모든 면에서 정반대니까요.” 브라운 신부가 기묘한 미소를 지으며 말했다. “그들은 서로를 부인하는 존재지요. 말하자면 서로를 상쇄한다고 할까요.”

신부는 여전히 반대편 공원의 숲에 어둠이 내리는 것을 바라보고 있었다.

별안간 플랑보가 낮게 외치는 소리가 들렸다. 발로뉴 공작은 얼른 고개를 돌려 방을 바라보았다. 불 켜진 방 안을 엿보던 플랑보는 대령이 코트를 벗는 것을 보았다. 처음에 플랑보는 이제 정말 결투가 시작될 모양이라고 생각했으나, 곧 생각을 바꾸어야 했다. 대령이 옷을 벗을 때 가슴과 어깨에 받쳐 두었던 패딩 조각들이 튀어나왔기 때문이다. 그의 가슴과 어깨가 넓어 보이던 것은 모두 그 강력한 패딩 조각들 덕분이었다. 셔츠와 바지만을 입은 그의 몸은 상대적으로 마르고 빈약해 보였다. 그는 침실을 지나 욕실로 걸어 들어갔는데, 단지 몸을 씻기 위해서인 것 같았다. 거기서 달리 호전적인 의도를 읽을 수는 없었다. 그는 한참 동안이나 세면대에서 얼굴을 씻은 후, 물이 뚝뚝 떨어지는 손과 얼굴을 수건으로 닦았다. 그가 막 뒤로 돌아섰을 때, 밝은 전등 불빛에 그의 얼굴이 환히 드러났다. 갈색으로 그을린 얼굴빛도 덥수룩하고 시커먼 콧수염도 보이지 않았다. 깨끗이 면도를 마친 얼굴빛은 백지처럼 창백했다. 대령다운 것이라곤 매처럼 반짝이는 갈색 눈동자밖에 남지 않았다. 깊은 명상에 빠진 브라운 신부가 담장 아래에서 중얼거렸다. 그 말은 차라리 독백에 가까웠다.

"모든 것이 내가 플랑보에게 말했던 것과 똑같아요. 이 정반대의 존재들은 서로를 만나려 하지 않을 겁니다. 그건 가능하지도 않고, 그들은 싸울 수도 없지요. 만약 그게 검정색 대신 흰색이고, 액체 대신 고체이고, 계속 그런 식으로 반대로 간다면……거기에는 뭔가 잘못된 것이 있다고 봐야지요. 공작님도 생각해 보세요. 이들 두 남자들 중 한쪽은 살결이 흰데, 다른 쪽은 검어요. 한쪽은 건장한데 다른 쪽은 말랐고, 한쪽은 튼튼한데 다른 쪽은 허약해요. 한쪽은 콧수염이 있고 턱수염이 없어서, 당신은 그의 입을 볼 수 없어요. 그런데 다른 쪽은 턱수염이 있고 콧수염이 없어서 당신은 그의 턱을 볼 수 없어요. 한쪽은 머리를 짧게 잘랐지만 스카프로 목을 가리고 있어요. 반면 다른 쪽은 낮은 셔츠 칼라의 옷을 입었지만, 긴 머리카락이 그의 머리를 덮고 있어요. 모든 게 너무 정확하게 반대였지요. 그래서 공작님, 거기엔 뭔가 수상적은 게 있다는 겁니다. 그렇게 정확히 반대로 만들어진 것들은 서로 싸울 수 없는 것들입니다. 요철처럼, 한쪽이 튀어나온 곳에서 반대쪽은 정확히 들어가 있으니까요. 얼굴과 가면처럼, 자물쇠와 열쇠처럼……."

플랑보는 핏기가 사라진 얼굴로 박사의 방 안을 뚫어져라 쳐다보았다. 플랑보의 눈에 대령의 뒷모습이 들어왔다. 그는 거울 앞에 서 있었으므로, 거울에 비친 그의 얼굴이 또렷이 눈에 들어왔다. 이미 그는 붉은 머리카락이 달린 가발을 쓴 후였고, 제멋대로 뻗친 가짜 머리카락들이 턱 아래쪽을 둥글게 감쌌다. 가발 사이로 드러난 그의 입에는 비웃음이 번지고 있었다. 그 창백한 얼굴은 활활 타오르는 지옥의 불에 둘러싸여 무시무시하게 웃는 가롯 유다❖의 얼굴처럼 보였다. 그 적갈색의 눈동자는 일순 매섭게 이글거리다가, 곧 한 쌍의 파란 안경알에 덮이고 말았다. 헐렁한 검정 코트를 몸에 걸친 후 미끄러지듯이 방을 빠져나간 사내는 서재 앞 발코니 쪽으로 사라졌다. 몇 분 후 저 너머 거리에서 군중들의 열광적인 환호 소리가 들려왔다. 이르슈 박사가 다시 발코니에 나타난 것이다.

....

❖ 예수의 열두 제자 중 예수를 배신한 제자.

길버트 키스 체스터턴
Gilbert Keith Chesterton

길버트 키스 체스터턴은 1874년 5월 29일 런던에서 부동산 중개업자의 아들로 태어났다. 예술학교에 다니면서 아주 젊어서부터 문학 활동을 시작했다. 사실 그는 처음엔 회화에 전념하고 싶어 했다. 정기간행물 《북맨*The Bookman*》에 서평을 쓰기 시작했다. 이윽고 예술 비평이나 짧은 기사를 기고하며 다른 신문들과도 일하게 됐고, 곧이어 영국의 유력 간행물들을 위해서도 글을 썼다. 하지만 그러면서도 회화에 대한 열정을 완전히 포기한 것은 아니었다.

저널 활동과 함께 체스터턴은 시에서 소설, 에세이에서 희곡까지 풍성한 문학 창작 활동도 같이했다. 그의 첫 시집 《난폭한 기사와 기타 시들》은 1900년에 발간되었다. 1900년에 힐레르 벨록 등 당대의 대표 문인들과 교류하기 시작했다. 나중에 체스터턴은 벨록의 수많은 작품들을 해석했다. 그의 첫 작품은 소설 《노팅힐의 나폴레옹》이었다. 하지만 체스터턴은 본질적으로 평론가였고, 그의 사상들이 깃든 장단편소설들 역시 논쟁적인 평론에 서사의 옷을 입힌 것들인 경우가 종종 있었다. 영국 낭만주의 시인에 관한 훌륭한 안내서인 《로버트 브라우닝》, 《디킨스》와 《조지 버나드 쇼》에 대한 열정적인 연구서들, 그리스도교 해설서인 《정통 신앙》, 《세상이 왜 이렇게 됐죠?》 같은 비평들이 나왔다. 이 작품들에서 체스터턴은 자신의 정치 사회 사상들을 보여주었다.

가톨릭에 극단적으로 빠진 체스터턴은 사제이자 탐정인 브라운 신부라는 문학적 인물을 창조하면서 가톨릭을 전파하겠다는 별난 생각을 하게 됐다. 1911년 시리즈물 《브라운 신부의 동심》의 첫 권에서 불후의 인물이 될 브라운 신부가 탄생했는데, 아마 친구인 오코너 신부에게서 인물에 대한 영감을 받았을 것이다. 오코너 신부는 체스터턴을 로마 가톨릭 교회로 인도하여 1922년 결정적으로 개종하게 했다. 그때부터 체스터턴은 가톨릭 전파자가 되어 《아시시의 성 프란체스코》와 《성 토마스 아퀴나스》 같은 성인들에 대한 연구서와 신학 서적들을 출간했다.

'브라운 신부' 시리즈 이외에 서사 작품들 가운데는 《괴짜 상인 클럽》과《목요일의 사나이》가 기억할 만하다. 체스터턴은 무정부주의자, 밀정, 혁명주의자들을 끌어들이면서 탐정소설처럼 시작하지만 결국 신에 대한 비유담임을 드러낸다. 체스터턴은 삶과 인간성을 긍정하는 그의 사상을 표현했다. 에밀리오 체키가 날카롭게 지적했듯이 '시대와 교구청의 필요에 따라, 회의주의자들과 향락가 무리에게 익살맞은 스타일로 설교할 의무를 부여받은 가톨릭 신부에 그를 비교할 수 있을 것이다. 한편 그의 진지한 의도가 기묘한 말에 의해 위태로워지는 걸 두려워하지 않는다.'

체스터턴은 활동적인 강연가이기도 했다. 유럽 대륙과 아메리카를 여러 차례 여행했다. 그의 신앙의 요람인 로마에 오랫동안 머무르며, 로마에 책 한 권을 바쳤다. 그는 1936년 7월 14일 런던에서 죽었다.

• 주요작

소설

1904년	《노팅힐의 나폴레옹 *The Napoleon of Notting Hill*》
1905년	《괴짜 상인 클럽 *The Club of Queer Trades*》
1908년	《목요일의 사나이 *The Man who was Thursday*》
1910년	《공과 십자가 *The Ball and the Cross*》
1914년	《나는 선술집 *The Flying Inn*》

추리 소설

1911년 《브라운 신부의 동심 *The Innocence of Father Brown*》

　　　　《브라운 신부의 지혜 *The Wisdom of Father Brown*》

1922년 《너무 많이 알고 있는 남자 *The Man who knew too much*》

1926년 《브라운 신부의 의심 *The Incredulity of Father Brown*》

1927년 《브라운 신부의 비밀 *The Secret of Father Brown*》

1935년 《브라운 신부의 스캔들 *The Scandal of Father Brown*》

특수 연구

1903년 《로버트 브라우닝 *Robert Browing*》

1906년 《디킨스 *Dickens*》

1909년 《조지 버나드 쇼 *George Bernard Shaw*》

1923년 《아시시의 성 프란체스코 *St. Frandcs of Assisi*》

1933년 《성 토마스 아퀴나스 *St. Thomas Aquinas*》

여행서

1919년 《아일랜드 인상 *Irish Impressions*》

1920년 《새로운 예루살렘 *The New Jerusalem*》

1922년 《아메리카에서 나는 무엇을 보았는가 *What I saw in America?*》

시

1900년 《난폭한 기사와 기타 시들 *The Wild Knight and Other Poems*》

평론

1908년 《정통 신앙 *Orthodoxy*》

1910년 《세상이 왜 이렇게 됐죠 *What's Wrong with the World?*》

옮긴이 최재경

1971년 마산에서 태어났다. 서울대학교 국문학과를 졸업했고, 1995년 가을 《상상》에 단편소설 〈살아 있는 죽은 여인〉을 발표하면서 등단했다. 지은 책으로 소설 《반복》, 《숨쉬는 새우깡》, 《플레이어》와 에세이 《여자 서른, 자신 있게 사랑하고 당당하게 결혼하라》, 《新여우의 기술》이 있고, 옮긴 책으로 《깃털이 전해준 선물》, 《그레이시》, 《까마귀의 마음》, 《글쓰기 수업》 등이 있다.

옮긴이 이승수(해제, 작가 소개)

한국외국어대학교 이탈리아어학과를 졸업하고 동 대학원에서 비교문학 박사 학위를 받았다. 옮긴 책으로 《순수한 삶》, 《신부님 우리들의 신부님》, 《그날 밤의 거짓말》, 《그림자 박물관》, 《달나라에 사는 여인》, 《넌 동물이야, 비스코비츠!》 등이 있다.

아폴로의 눈

초판 1쇄 발행 | 2010년 12월 15일

지 은 이 　 길버트 키스 체스터턴
옮 긴 이 　 최재경
디 자 인 　 최선영 · 장혜림

펴 낸 곳 　 바다출판사
발 행 인 　 김인호
주 　 소 　 서울시 마포구 서교동 398-1 창평빌딩 3층
전 　 화 　 322-3885(편집), 322-3575(마케팅부)
팩 　 스 　 322-3858
E–mail 　 badabooks@gmail.com
홈페이지 　 www.badabooks.co.kr
출판등록일 　 1996년 5월 8일
등록번호 　 제 10-1288호

ISBN　978-89-5561-573-9　04840
　　　　978-89-5561-565-4　04800(세트)